U0940630

芸斋琐谈

——谈补遗

孙犁

三十年代初，我在北平流浪，衣食常常不继，别的东西买不起，但到天晚上，总好到东安市场书摊游逛。那时郑振铎主编的世界文库，正在连载《金瓶梅》，不久中央书局出版了这本书。很快在小书摊上，就出现了一本薄薄的小书。封面上画一只金瓶，瓶中插一枝红梅，标题为《补遗》二字。谁也可以想到，这是投机商人，把洁本删掉的文字，辑录成册，借以牟利。

但在当时，确实没有见到多少青年人，購买或翻阅这本小书。至于我，不只假撇清，连书也没有去买它。

在小册子旁边，同时放着鲁迅的书，和他编的译文，同时也放着马克思和高尔基的照片。我倒常常花两角钱买一本带回寓去看。我也想过：《补遗》的定价，一定

孙犁（1913—2002），河北省衡水市安平人，现当代著名小说家、散文家。曾担任《平原杂志》《文艺通讯》等报刊的编辑，1944年赴延安，在鲁迅艺术文学院学习和工作，发表《荷花淀》《芦花荡》等短篇小说，引起广泛关注。新中国成立后，在《天津日报》工作，历任副刊科副科长、编委、顾问，上个世纪五十年代出版长篇小说《风云初记》、中篇小说《铁木前传》等重要作品。新时期，先后出版《晚华集》《秀露集》《澹定集》《尺泽集》《远道集》《老荒集》《陋巷集》《无为集》《如云集》《曲终集》十个作品集，并有《孙犁全集》（十一卷）问世。曾任中国作家协会天津分会副主席、主席，天津市文联名誉主席，中国作协第一至三届理事、作协顾问、名誉副主席，中国文联第四届委员。

YUNZHAISUOTAN

芸斋琐谈

孙犁/著

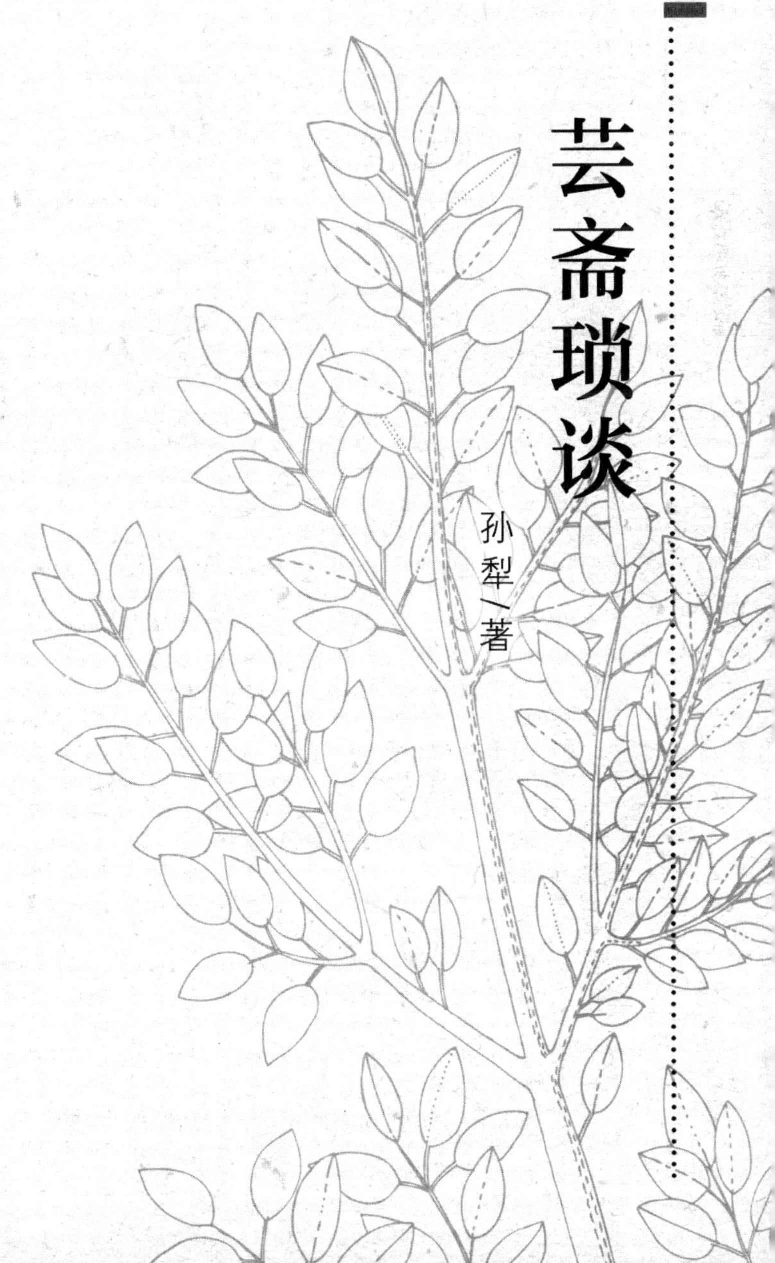

新华出版社

图书在版编目（CIP）数据

芸斋琐谈/孙犁著
北京：新华出版社，2015.12
ISBN 978－7－5166－2134－9
Ⅰ.①芸… Ⅱ.①孙… Ⅲ.①杂文集—中国—当代 Ⅳ.①I267.1
中国版本图书馆 CIP 数据核字（2015）第 269866 号

芸斋琐谈
作　　者： 孙　犁

出 版 人： 张百新　　**封面设计：** 李尘工作室
责任编辑： 李　成　　**责任印制：** 廖成华

出版发行： 新华出版社
地　　址： 北京石景山区京原路 8 号　　**邮　　编：** 100040
网　　址： http：//www.xinhuapub.com
http：//press.xinhuanet.com
经　　销： 新华书店
购书热线： 010－63077122
中国新闻书店购书热线： 010－63072012

照　　排： 新华出版社照排中心
印　　刷： 北京文林印务有限公司

成品尺寸： 145mm×210mm　1/32
印　　张： 9.5　　**字　　数：** 220 千字
版　　次： 2015 年 12 月第一版
印　　次： 2015 年 12 月第一次印刷

书　　号： ISBN 978－7－5166－2134－9
定　　价： 36.00 元

目　录

第一辑

第二辑

第三辑

谈 妒

“文人相轻”，是曹丕说的话。曹丕是皇帝、作家、文艺评论家，又是当时文坛的实际领导人，他的话自然是有很大的权威性。他并且说，这种现象是“自古而然”，可见文人之间的相轻，几几乎是一种不可动摇的规律了。

但是，虽然他有这么一说，在他以前以后，还是出了那么多伟大的作家和作品，终于使我国有了一本厚厚的琳琅满目的文学史。就在他的当时，建安文学也已经巍然形成了一座艺术的高峰。

这说明什么呢？只能说明文人之相轻，只是相轻而已，并不妨碍更不能消灭文学的发展。文人和文章，总是不免有可轻的地方，互相攻磨，也很难说就是嫉妒。记得一位大作家，在回忆录中，记述了托尔斯泰对青年作家的所谓妒，并不当作恶德，而是作为美谈和逸事来记述的。

妒、嫉，都是女字旁，在造字的圣人看来，在女性身上，这种性质，是于兹为烈了。中国小说，写闺阁的妒嫉的很不少，《金瓶梅》写得最淋漓尽致，可以说是生命攸关、你死我活。其实这只能表示当时妇女生存之难，并非只有女人才是这样。

据弗洛伊德学派分析，嫉妒是一种心理状态，是人人都具有的，从儿童那里也可以看到的。这当然是一种缺陷心理，是由于羡慕一种较高的生活，想获得一种较好的地位，或是想得到一种较贵重的东西产生的。自己不能得到心理的补偿，发现身边的人，或站在同等位置的人先得到了，就会产生嫉妒。

按照达尔文的生物学说以及遗传学说，这种心理，本来是不足奇怪，也无可厚非的。这是生物界长期在优胜劣败、物竞天择这一规律下生存演变，自然形成的，不分圣贤愚劣，人人都有份的一种本能。

它并不像有些理学家所说的，只有别人才会有，他那里没有。试想：性的嫉妒，可以说是一种典型的“妒”，如果这种天生的正人君子，涉足了桃色事件，而且做了失败者，他会没有一点妒心，无动于衷吗？那倒是成了心理的大缺陷了。有的理论家把嫉妒归咎于“小农经济”，把意识形态甚至心理现象简单地和物质基础联系起来，好像很科学。其实，“大农经济”，资本主义经济，也没有把这种心理消灭。

蒲松龄是伟大的。他在一篇小说里，借一个非常可爱的少女的口说：“幸灾乐祸，人之常情，可以原谅。”幸灾乐祸也是一种嫉妒。

当然，这并不是一种可贵的心理，也不是不能克服的。人类社会的教育设施、道德准则，都是为了克服人的固有的缺陷，包括心理的缺陷，才建立起来并逐渐完善的。

嫉妒心理的一个特征是：它的强弱与引之发生的物象的距离，成为正比。就是说，一个人发生妒心，常常是由于只看到了近处，比如家庭之间、闺阁之内、邻居朋友之间，地位相同，或是处境相同， 旦别人较之上升，他就发生了嫉妒。

如果，他增加了文化知识，把眼界放开了，或是他经历了更多的社会磨炼，他的妒心，就会得到相应的减少与克服。

人类社会的道德准则，对这种心理，是排斥的，是认为不光彩的。这样有时也会使这种心理，变得更阴暗，发展为阴狠毒辣，驱使人去犯罪，造成不幸的事件。如果当事人的地位高，把这种心理加上伪装，其造成的不幸局面，就会更大，影响的人，也就会更多。

由嫉妒造成的大变乱，在中国历史上，是不乏例证的。远的不说，即如“文化大革命”，“四人帮”的所作所为，其中就有很大的嫉妒心理在作祟。他们把这种心理，加上冠冕堂皇的伪装，称之为“革命”，并且用一切办法，把社会分成无数的等级、差别，结果造成社会的大动乱。

革命的动力，是经济和政治主导的、要求的，并非仅凭嫉妒心理，泄一时之忿，可以完成的。以这种缺陷心理为主导，为动力，是不能支持长久的，一定要失败的。

最不容易分辨清楚的是：少数人的野心，不逞之徒的非分之想，流氓混混儿的趁火打劫，和广大群众受压迫，所表现的不平和反抗。

项羽看见秦始皇，大言曰：“彼可取而代之也。”猛一听，其中好像有嫉妒的成分。另一位英雄所喊的：“帝王将相，宁有种乎”，乍一看也好像是一个人的愤愤不平，其实他们的声音是和时代，和那一时代的广大群众的心相连的，所以他们能取得一时的成功。

一九八一年十二月廿八日

谈 才

六十年代之末，天才二字，绝迹于报章。那是因为从政治上考虑，自然与文学艺术无关。

近年来，这两个字提到的就多了，什么事一多起来，也就有许多地方不大可信，也就与文学艺术关系不大了。例如神童之说，特异功能之说等等，有的是把科学赶到迷信的领地里去；有的却是把迷信硬拉进科学的家里来。

我在年幼时，对天才也是很羡慕的。天才是一朵花，是一种果实，一旦成熟，是很吸引人的注意的。及至老年，我的态度就有了些变化。我开始明白：无论是花朵或果实，它总是要有根的，根下总要有土壤的。没有根和土壤的花和果，总是靠不住的吧。因此我在读作家艺术家的传记时，总是特别留心他们还没有成为天才之前的那一个阶段，就是他们奋发用功的阶段，悬梁刺股的阶段；他们追求探索，四顾茫然的阶段；然后才是他们坦途行进，收获日丰的所谓天才阶段。

现在已经没有人空谈曹雪芹的天才了，因为历史告诉人们，曹除去经历了一劫人生，还在黄叶山村，对文稿披阅了十载，删改了五次。也没有人空谈《水浒传》作者的天才了，因为历史也告诉人们，这一作者除去其他方面的修养准备，还曾经把一百零八名人物绘成图样，张之四壁，终日观摩思考，才得写出了不同性格的英雄。也没有人空谈王国维的天才了，因为他那种孜孜以求，有根有据，博大精深的治学方法，也为人所熟知了。海明威负过那么多次致命的伤，中了那么多的弹片，他才写得出他那种有关生死的小说。

所以我主张，在读天才的作品之前，最好先读读他们的可靠的传记。说可靠的传记，就是真实的传记，并非一味鼓吹天才的那种所谓传记。

天才主要是有根，而根必植在土壤之中。对文学艺术来说，这种土壤，就是生活，与人民有关的，与国家民族有关的生活。从这里生长起来，可能成为天才，也可能成不了天才，但终会成为有用之材。如果没有这个根柢，只是从前人或国外的文字成品上，模仿一些，改装一些，其中虽也不乏一些技巧，但终不能成为天才的。

谈名

名之为害，我国古人已经谈得很多，有的竟说成是“殉名”，就是因名致死，可见是很可怕的了。

但是，远名之士少，近名之士还是多。因为在一般情况下，名和利又常常联系在一起，与生活或者说是生计有关，这也就很难说了。

习惯上，文艺工作中的名利问题，好像就更突出。

余生也晚，旧社会上海滩上文坛的事情，知道得少。我发表东西，是在抗日战争时期和解放战争时期。这两个时期，在敌后根据地，的的确确没有稿费一说。战士打仗，每天只是三钱油三钱盐，文人拿笔写点稿子，哪里还能给你什么稿费？虽然没有利，但不能说没有名，东西发表了，总是会带来一点好处的。不过，冷静地回忆起来，所谓“争名夺利”中的两个动词，在那个时代，是要少一些，或者清淡一些。

进城以后，不分贤与不肖，就都有了这个问题，或多或少。每个人也都有不少经验教训，事情昭然，这里也就不详谈了。

文人好名，这是个普遍现象，我也不例外，曾屡次声明过。有一点点虚名，受过不少实害，也曾为之发过不少牢骚。对文与名的关系，或者名与利的关系，究竟就知道得那么详细？体会得那么透彻吗？也不尽然。

就感觉所得，有的人是急于求名，想在文学事业上求得发展。大多数是青年，他们有的在待业，有的虽有职业，而不甘于平凡工作的劳苦，有的考大学未被录取，有的是残废。他们把文学事业想得很简单，以为请一个名师，读几本小说，订一份杂志，就可以了。我有时也接到这些青年人的来信，其中有不少是很朴实诚笃的人，他们确是把文章成名看做是一种生活理想，一种摆脱困难处境的出路。我读了他们的信，常常感到心里很沉重，甚至很难过。但如果我直言不讳，说这种想法太天真，太简单，又恐怕扫他们的兴，增加他们的痛苦。

也有一种幸运儿，可以称之为“浪得名”的人。这在五十年代末至七十年代末，几十年间，是常见的，是接二连三出现的。或以虚报产量，或以假造典型，或造谣言，或交白卷，或写改头换面的文章，一夜之间，就可以登名报纸，扬名宇内。自然，这种浪来之名，也容易浪去，大家记忆犹新，也就不再多说了。

还有一种，就是韩愈说的“动辄得咎，名亦随之”的名。在韩愈，他是总结经验，并非有意投机求名。后来之士，却以为这也是得名的一个好办法。事先揣摩意旨，观察气候，写一篇小说或报告，发人所不敢言者。其实他这样做，也是先看准现在是政治清明，讲求民主，风险不大之时。如果在阶级斗争不断扩大化的年代，弄不好，会戴帽充军，他也就不一定有这般勇气了。

总之，文人之好名——其实也不只文人，是很难说也难免的，不可厚非的。只要求出之以正，靠努力得来就好了。江青不许人谈名利，不过是企图把天下的名利集结在她一人的身上。文优而仕，在我们国家，是个传统，也算是仕途正路。虽然如什么文联、协会之类的官，古代并没有，今天来说，也不上仕版，算不得什么官，但在人们眼里，还是和名有些关联，和生活有些关联。因此，有人先求文章通显，然后转入宦途，也就不奇怪了。

戴东原曰：仆数十年来……其得于学者，不以人蔽己，不以己自蔽。不为一时之名，亦不期后世之名。凡求名之弊有二，非掊击前人以自表襮；即依傍昔儒，以附骥尾。二者不同，而鄙吝之心同。是以君子务在闻道也。

他的话，未免有点高谈阔论吧！但道理还是有的。

一九八二年四月廿五日晨

谈谀

字典：逢迎之言曰谀，谓言人之善不实也。

谀，是一向当做不好的表现的。其实，在生活之中，是很难免的。我不知道，有没有一生之中，从来也没有谀过人的人。我回想了一下，自己是有过的。主要是对小孩、病人、老年人。

关于谀小孩，还有个过程。我们乡下，有个古俗，孩子缺的人家，生下女孩，常起名“丑”。孩子长大了，常常是很漂亮的。人们在逗弄这个小孩时，也常常叫“丑闺女，丑闺女”，她的父母，并不以为怪。

进入城市以后，长年居住在大杂院之中，邻居生了一个女孩，抱了出来叫我看。我仍然按照乡下的习惯，摸着小孩的脸蛋说：“丑闺女，丑闺女”，孩子的母亲非常不高兴，脸色难看极了，引起我的警惕。后来见到同院的人，抱出小孩来，我就总是说：“漂亮，这孩子真漂亮！”漂亮不漂亮，是美学问题，含义高深，因人而异，说对说错，向来是没有定论的。但如果涉及胖瘦问题，即近于物质基础的问题，就要实事求是一些，不能过谀了。有一次，有一位妈妈，抱一个孩子叫我看，我当时心思没在那上面，就随口说：“这孩子多胖，多好玩!”孩子妈妈又不高兴了，抱着孩子扭身走去。我留神一看，才发现孩子瘦成了一把骨。又是一次经验教训。

对于病人，我见了总好说：“好多了，脸色不错。”有的病人听了，也不一定高兴，当然也不好表示不高兴，因为我并无恶意。对老年人，常常是对那些好写诗的老年人，我总说他的诗写得好，至于为了什么，我在这里就不详细交待了。

但我自信，对青年人，我很少谀。过去如此，现在仍然如此。既非谀，就是直言（其实也常常拐弯抹角，吞吞吐吐）。因此，就有人说我是好“教训”人。当今之世，吹捧为上，“教训”二字，可是要常常得罪人，并有时要招来祸害的。

不过，我可以安慰自己的，是自己也并不大愿意听别人对我的谀，尤其是青年人对我的谀。听到这些，我常常感到惭愧不安，并深深为说这种话的人惋惜。

至于极个别的，谀他人（多是老一辈）的用心，是为了叫他人投桃报李，也回敬自己一个谀，而当别人还没有来得及这样去做，就急急转过身去，不高兴，口出不逊，以表示自己敢于革命，想从另一途径求得名声的青年，我对他，就不只是惋惜了。

附记：我平日写文章，只能作一题。听说别人能于同时进行几种创作，颇以为奇。今晨于写作“谈名”之时，居然与此篇交插并进，系空前之举。盖此二题，有相通之处，本可合成一篇之故也。

谈谅

古代哲人、伟大的教育家孔子，在教人交友时特别强调一个“谅”字。

孔子的教学法，很少照本宣科，他总是把他的人生经验作为活的教材，去告诉他的弟子们。交友之道，就是其一。

是否可以这样说呢，人类社会之所以能维持下来，不断进步，除去革命斗争之外，有时也是互相谅解的结果。

谅，就是在判断一个人的失误时，能联系当时当地的客观条件，加以分析。

三十年代初，日本的左翼文学，曾经风起云涌般地发展，但很快就遭到政府镇压，那些左翼作家，又风一般向右转，当时称做“转向”。有人对此有所讥嘲。鲁迅先生说：这些人忽然转向，当然不对，但那里——即日本——的迫害，也实在残酷，是我们在这里难以想象的。他的话，既有原则性，也有分析，并把仇恨引到法西斯制度上去。

十年动乱，“四人帮”的法西斯行为，其手段之残忍，用心之卑鄙，残害规模之大，持续时间之长，是中外历史没有前例的，使不少优秀的，正当有为之年的，甚至是聪明乐观的文艺工作者自裁了。事后，有人为之悲悼，也有人对之责难，认为是“软弱”，甚至骂之为“浑”为“叛”，“世界观有问题”。这就很容易使人们想起，有些造反派把某人迫害致死后，还指着尸体骂他是自绝于人民，死不改悔等等，同样是令人难以索解的奇异心理。如果死者起身睁眼问道：“你又是怎样活过来的呢？十年中间，你的言行都那么合乎真理正义吗？”这当然就同样有失于谅道了。

死去的是因为活不下去，于是死去了。活着的，是因为不愿意死，就活下来了。这本来都很简单。

王国维的死，有人说是因为病，有人说是因为钱（他人侵吞了他的稿费），有人说是被革命所吓倒，有人说是殉葬清朝。

最近我读到了他的一部分书札。在治学时，他是那样客观冷静，虚怀若谷，左顾右盼，不遗毫发。但当有人“侵犯”了一点点皇室利益，他竟变得那样气急败坏，语无伦次，强词夺理，激动万分。他不过是一个逊位皇帝的“南书房行走”，他不重视在中外学术界的权威地位，竟念念不忘他那几件破如意，一件上朝用的旧披肩，我确实为之大为惊异了。这样的性格，真给他一个官儿，他能做得好吗？现实可能的，他能做的，他不安心去做，而去追求迷恋他所不能的，近于镜花水月的事业，并以死赴之。这是什么道理呢？但终于想，一个人的死，常常是时代的悲剧。这一悲剧的终场，前人难以想到，后人也难以索解。他本人也是不太明白的，他只是感到没有出路，非常痛苦，于是就跳进了昆明湖。长期积累的，耳习目染的封建帝制余毒，在他的心灵中，形成了一个致命的大病灶。心理的病加上生理的病，促使他死亡。

他的学术是无与伦比的。我上中学的时候，就买了一本商务印的带有圈点的《宋元戏曲考》，对他非常崇拜。现在手下又有他的《流沙坠简》，《观堂集林》等书，虽然看不大懂，但总想从中看出一点他治学的方法，求知的道路。对他的胡里胡涂的死亡，也就有所谅解，不忍心责难了。

还有罗振玉，他是善终的。溥仪说他在大连开古董铺，卖假古董。这可能是事实。这人也确是个学者，专门做坟墓里的工作。且不说他在甲骨文上的研究贡献，就是抄录那么多古碑，印那么多字帖，对后人的文化生活，提供了多少方便呀？了解他的时代环境，处世为人，同时也了解他的独特的治学之路，这也算是对人的一种谅解吧。他印的书，价虽昂，都是货真价实，精美绝伦的珍品。

谅，虽然可以称做一种美德，但不能否认斗争。孔子在谈到谅时，是与直和多闻相提并论的。直就是批评，规劝，甚至斗争。多闻则是指的学识。有学有识，才有比较，才有权衡，才能判断：何者可谅，何者不可谅。一味去谅，那不仅无补于世道，而且会被看成呆子，彻底倒霉无疑了。

一九八二年五月十五日

谈慎

人到晚年，记忆力就靠不住了。自恃记性好，就会出错。记得鲁迅先生，在晚年和人论战时，就曾经因把《颜氏家训》上学鲜卑语的典故记反了，引起过一些麻烦。我常想，以先生之博闻强记，尚且有时如此，我辈庸碌，就更应该随时注意。我目前写作，有时提笔忘字，身边有一本过去商务印的学生字典给我帮了不少忙。用词用典，心里没有把握时，就查查《辞海》，很怕晚年在文字上出错，此生追悔不及。

这也算是一种谨慎吧。在文事之途上，层峦叠嶂，千变万化，只是自己谨慎还不够，别人也会给你插一横杠。所以还要勤，一时一刻也不能疏忽。近年来，我确实有些疏懒了，不断出些事故，因此，想把自己的书斋，颜曰“老荒”。

新写的文章，我还是按照过去的习惯，左看右看，两遍三遍地修改。过去的作品这几年也走了运，有人把它们东编西编，名目繁多，重复杂遝不断重印。不知为什么，我很没兴趣去读。我认为是炒冷饭，读起来没有味道。这样做，在出版法上也不合适，可也没有坚决制止，采取了任人去编的态度。校对时，也常常委托别人代劳，文字一事，非同别个，必须躬亲。你不对自己的书负责，别人是无能为力，或者爱莫能助的。

最近有个出版社印了我的一本小说选集，说是自选，我是让编辑代选的。她叫我写序，我请她摘用我和吴泰昌的一次谈话，作为代序。清样寄来，正值我身体不好，事情又多，以为既是摘录旧文章，不会有什么错，就请别人代看一下寄回付印了，后来书印成了，就在这个关节上出了意想不到的毛病。原文是我和吴泰昌的谈话，编辑摘录时，为了形成一篇文章，把吴泰昌说的话，都变成了我的话。什么在我的创作道路上，一开始就燃烧着人道主义的火炬呀。什么形成了一个大家公认的有影响的流派呀。什么中长篇小说，普遍受到好评呀。别人的客气话，一变而成了自我吹嘘。这不能怪编辑，如果我自己能把清样仔细看一遍，这种错误本来是可以避免的。此不慎者一。

近年来，有些同志到舍下来谈后，回去还常常写一篇文字发表，其中不少佳作，使我受到益处。也有用报告文学手法写的，添枝加叶，添油加醋，对此，直接间接，我也发表过一些看法。最近又读到一篇，已经不只是报告文学，而是近似小说了。作者来到我家，谈了不多几句话，坐了不到一刻钟，当时有旁人在座，可以作证。但在他的访问记里，我竟变成了一个讲演家，大道理滔滔不绝地出自我的口中，他都加上了引号，这就使我不禁为之大吃一惊了。

当然，他并不是恶意，引号里的那些话，也都是好话，都是非常正确的话，并对当前的形势，有积极意义。千百年后，也不会有人从中找出毛病来的，可惜我当时并没有说这种话，是作者为了他的主题，才要说的，是为了他那里的工作，才要说的。往不好处说，这叫“造作语言”，往好处说，这是代我“立言”。什么是访问记的写法，什么是小说的写法，可能他分辨不清吧。

如果我事先知道他要写这篇文章，要来看看就好了，就不会出这种事了。此不慎者二。

我是不好和别人谈话的，一是因为性格，二是因为疾病，三是因为经验。目前，我的房间客座前面，压着一张纸条，上面就有一句：谈话时间不宜过长。

写文章，自己可以考虑，可以推敲，可以修改，尚且难免出错。言多语失，还可以传错、领会错，后来解释、补充、纠正也来不及。有些人是善于寻章摘句，捕风捉影的。他到处寻寻觅觅，捡拾别人的话柄，作为他发表评论的资本。他评论东西南北的事物，有拓清天下之志。但就在他管辖的那个地方，就在他的肘下，却常常发生一些使天下为之震惊的奇文奇事。

这种人虽然还在标榜自己一贯正确，一贯坚决，其实在创作上，不过长期处在一种模仿阶段，在理论上，更谈不上有什么一贯的主张。今日宗杨，明日师墨，高兴时，鹦鹉学舌，不高兴，反咬一口。根子还是左右逢迎，看风使舵。

和这种人对坐，最好闭口。不然，就“离远一点”。

《水浒传》上描写：汴梁城里，有很多“闲散官儿”。为官而闲在，幼年读时，颇以为怪。现在不怪了。这些人，没有什么实权，也没有多少事干，但又闲不住。整天价在三瓦两舍，寻欢取乐，也在诗词歌赋上，互相挑剔，寻事生非。他们的所作所为，虽不一定能影响整个社会的安定团结，但“文苑”之长期难以平静无事，恐怕这也是一个原因吧？此应慎者三。

一九八二年五月廿八日晨再改一次

谈忘

记得抗日期间，在山里工作的时候，与一位同志闲谈，不知谈论的是何题何事，他说："人能忘，和能记，是人的两大本能。人不能记，固然不能生存；如不能忘，也是活不下去的。"

当时，我正在青年，从事争战，不知他说这种话，是什么意思，从心里不以为然。心想：他可能是有什么不幸吧，有什么不愉快的事，压在他的心头吧。不然，他为什么强调一个忘字呢？

随着年龄的增长，随着经验的增加，随着喜怒哀乐，七情六欲的交织于心，有时就想起他这句话来，并开始有些赞成了。

鲁迅的名文：《为了忘却的纪念》，不就是要人忘记吗？但又一转念：他虽说是叫人忘记，人们读了他的文章，不是越发记的清楚深刻了吗？思想就又有些糊涂起来了。

有些人，动不动就批评别人有"糊涂思想"。我很羡慕这种不知道是天生来，还是吃了什么灵丹妙药，一生到头，保持着清水明镜一般头脑，保持着正确、透明的思想的人。想去向他求教，又恐怕遭到斥责、棒喝，就又中止了。

说实话，青年时，我也是富于幻想，富于追求，富于回忆的。我可以坐在道边，坐在树下，坐在山头，坐在河边，追思往事，醉心于甜蜜之境，忘记时间，忘记冷暖，忘记阴晴。

但是，这些年来，或者把时间明确一下，即十年动乱以后，我不愿再回忆往事，而在忘字上下功夫了。

每逢那些年，那些事，那些人，在我的记忆中出现时，我就会心浮气动，六神失据，忽忽不知所归，去南反而向北。我想：此非养身立命之道也。身历其境时，没有死去，以求解脱。活过来了，反以回忆伤生废业，非智者之所当为。要学会善忘。

渐渐有些效果，不只在思想意识上，在日常生活上，也达观得多了。比如街道之上，垃圾阻塞，则改路而行之；庭院之内，流氓滋事，则关门以避之。至于更细小的事，比如食品卫生不好，吃饭时米里有砂子，菜里有虫子，则合眉闭眼，囫囵而吞之。这在疾恶如仇并有些洁癖的青年时代，是绝对做不到的，目前是“修养”到家了。

当然，这种近似麻木不仁的处世哲学，是不能向他人推行的。我这样做，也不过是为了排除一些干扰，集中一点精力，利用余生，做一些自己认为有用的工作。

记忆对人生来说，还是最主要的，是积极向上的力量。记忆就是在前进的时候，时常回过头去看看，总结一下经验。

从我在革命根据地工作，学习作文时，就学会了一个口诀：经、教、优、缺、模。经、教就是经验教训。无论写通讯，写报告，写总结，经验教训，总是要写上一笔的。在很长一段时间里，我们因为能及时总结经验，取得教训，使工作避免了很多错误。但也有那么一段时间，就谈不上什么总结经验教训了，一变而成了任意而为或一意孤行，酿成了一场浩劫。

中国人最重经验教训。虽然有时只是挂在口头上。格言有：前事不忘，后事之师。前车之覆，后车之鉴。书籍有唐鉴，通鉴……所以说，不能一味的忘。

一九八二年七月十四日

谈 迂

不谙世情谓之迂。多见于书呆子的行事中。

鲁迅先生记述：他尝告诉柔石，社会并不像柔石想的那么单纯，有的人是可以做出可怕的事情来的，甚至可以做血的生意。然而柔石好像不相信，他常常睁大眼睛问道：可能吗？会有这种事情吗？

这就叫做迂。凡迂，就是遇见的险恶少，仍以赤子之心待人。鲁迅告诉柔石的是一九二七年的事。现在，时值三伏大热，我记下几件一九六七年冬天的琐事，一则消暑，二则为后来人广见闻增加阅历。

一、我到干校之前，已经在大院后楼关押了几个月。在后楼时，一位兼做看管的女同志，因为我体弱多病，在小铺给我买了一包油茶面。我吃了几次，剩了一点点，不忍抛弃，随身带到干校去。一天清理书包，我把它倒进茶杯里，用开水冲着吃了。当时，我以为同屋都是难友，又是多年同事，这口油茶又是从关押室带来的，所以毫无忌讳，吃得很坦然。当时也没有人说话。第二天清早，群众专政室忽然调我们全棚到野外跑步，回到室内，已经大事搜查过，目标是：高级食品。可惜我的书包里，是连一块糖也搜不出来了。

二、刚到干校时，大棚还没修好，我分到离厨房近的一间小棚。有一天，我睡下的比较早，有一个原来很要好，平日并对我很尊重的同事，进来说：

“我把这镰刀和绳子，放在你床铺下面。”

当时，我以为他去劳动，回来得晚了，急着去吃饭，把东西先放在我这里。就说：

“好吧。”

第二天早起，照例专政室的头头要集合我们训话。这位头头，是一个典型的天津青皮、流氓、无赖。素日以心毒手狠著称。他常常无事生非，找碴挑错，不知道谁倒霉。这一天，他先是批判我，我正在低头听着的时候，忽然那位同事说：

“刚才，我从他床铺下，找到一把镰刀和一条绳子。”

我非常愤怒，不知是从哪里飞来的勇气，大声喝道：

“那是你昨天晚上放下的！”

他没有说话。专政室的头头威风地冲我前进一步，但马上又退回去了。

在那时，镰刀和绳子，在我手里，都会看做凶器的，不是企图自杀，就是妄想暴动，如不当场揭发，其后果是很危险的，不堪设想的。所以说，多么迂的人，一得到事实的教训，就会变得聪明了。当时排队者不下数十人，其中不少人，对我的非凡气概为之一惊，称快一时。

三、有一棚友，因为平常打惯了太极拳，一天清早起来劳动之前，在院子里又比划了两下。有人就报告了专政室，随之进行批判。题目是："锻炼狗体，准备暴动！"

四、此事发生在别的牛棚，是听别人讲的，附录于此。棚长长夏无事，搬一把椅子，坐在棚口小杨树下，看牛鬼蛇神们劳动。忽然叫过一个知识分子来，命令说：

"你拔拔这棵杨树！"

这个人拔了拔说：

"我拔不动！"

棚长冷笑着对全体牛鬼蛇神说：

"怎么样？你们该服了吧，蚍蜉撼树谈何易！"

这可以说是对"迂"人开的一次玩笑。但经过这场血的洗礼，我敢断言，大多数的迂夫子，是要变得聪明一些了。

一九八二年七月十五日清晨。
暑期已届，大院只有此时安静

谈书

古人读书，全靠借阅或抄写，借阅有时日限制，抄写必费纸墨精神。所以对于书籍，非常珍贵，偶有所得，视为宝藏。正因为得来不易，读起书来，才又有悬梁刺股、囊萤映雪等等刻苦的事迹或传说。

书籍成为商品，是印刷术发明并稍有发展以后的事。保存下来的南宋印刷的书籍，书前或书后，都有专卖书籍的店铺名称牌记，这是书籍营业的开端。

什么东西，一旦成为商品，有时虽然定价也很高，但相对地说，它的价值就降低了。因为得来的机会，是大大的增多了。印刷术越进步，出版的数量越多，书籍的价格越低落。这是经济法则。

但不管书的定价多么便宜，究竟还是商品，有一定的读者对象，有一定的用场。到了明朝，开始有些地方官吏，把书籍作为礼物，进京时把它送给与他有关的上司或老师，当时叫做“书帕”。这种本子多系官衙刻版，钦定著作，印刷校对，都不精整，并不为真正学者所看重。但在官场，礼品重于读书，所以那些上司，还是乐于接受，列架收储，炫耀自己饱学，并对从远地带书来送的“门生”，加以青睐，有时还嘉奖几句：

“看来你这几年，在地方做官，案牍之余，还是没有忘记读书啊！政绩一定也很可观了。可喜，可贺!”

你想，送书的人，既不担纳贿之名，致干法 纪，又听到老师或上司的这种语言，能不手舞足蹈而进一步飘飘然吗？书帕中如果有自己的著作，经过老师广为延誉，还可能得奖。

但这究竟是送礼，并不是白捡。小时赶庙会，摆在小贩木架上的书买不起，却遇到一个农民模样的人，背来一口袋小书，散一些在戏台前面地方，任人翻阅，并且白送。这确曾使我喜出望外，并有些莫名其妙了。天下还有不要钱的书？蹲在地上，小心翼翼地挑了两本，都是福音，纸张印刷，都很好，远非小贩卖的石印小书可比。但来白捡的人士，好像也寥寥无几。后来才知道，这是天主教的宣传品。

参加革命工作以后，很长时间是供给制，除去鞋帽衣物以外，因为是战争环境，不记得发放过什么书籍。

发书最多也最频繁，是十年动乱后期，“批儒批孔”之时。这一段时间，发材料，成为机关干部日常生活中不可分割的一部分。见面的时候，总是问：“你们那里有什么新的材料，给我来一点好吗?”

几乎每天，“发材料”要占去上班时间的大半。大家争先恐后，争多恐少，捆载回家，堆在床下，成为一种生活“乐趣”。过上一段时间，又作为废品，卖给小贩，小本每斤一角二分，大本每斤一角八分。收这种废品的小贩，每日每时，沿街呼喊，不绝于路。

我不知道，有没有收藏家或图书馆，专门收集那些年的所谓“材料”，如果列一目录，那将是很可观的，也是很有意义的。而且有些“材料”，虽是胡说八道，浅薄可笑，但用以印刷的纸张，却是贵重的道林纸，当时印词书字典，也得不到的。

以上是十年动乱时期的情况。目前，赠书发书的现象，也不能就说是很少见了。什么事，不管合理不合理，一旦形成习惯，就不好改变。现在有的刊物，据说每期赠送之数，以千计；有的书籍，每册赠送之数，以百计。

赠送出去这么多，难道每一本都落到了真正需要、真正与工作有关的人士手中了吗？

旧社会，鲁迅的作品，每次印刷，也不过是一千本。鲁迅虽称慷慨，据记载，每次赠送，也不过是他那几位学生朋友。出版鲁迅著作最多的北新书局，是私人出版商，而且每本书后面，都有鲁迅的印花，大概不肯也不能大量赠送。

从另一方面说，鲁迅在当时文坛，可以说是权威，看来当时的书店或杂志社，也并没有把每一本新书，每一期杂志，都赠送给他。鲁迅需要书，都要托人到商务印书馆或北新书局去买。

书籍虽属商品，但究竟不是日用百货，对每人每户都有用。不宜于大赠送、大甩卖，那样就会降低书籍的身价。而且对于“读书”，也不会有好处。

一九八二年七月廿五日雨

谈稿费

卖文为生，古已有之。有一出旧戏词中唱道："王先生在大街，把文章来卖；我见他文章好，请进府来。"请进来当家庭教师，还是解决生活问题。另一出旧戏，也有一个文人，想当家庭教师也难，他在大街吆喝："教书，教书。"没人买他的账，饥饿不过，就到人家地里去偷蔓菁吃，传为笑谈。

想写点稿子，换点稿费，帮助生活，这并没有什么不光彩。我在北平流浪的时候，就有过这个打算。弄了一年半载，要说完全失败，也不是事实，只得到《大公报》三块钱的稿费，开明书店两块钱的书券（只能用来买它出版的书，也好，我买了一本《子夜》）。

抗日战争时期，没有稿费一说。大家过那么苦的生活，谁还想到稿费？一九四一年，我在冀中写了《区村和连队的文学写作课本》，有十多万字。因为我是从边区文协来的，有帮助工作的性质，当时在冀中主持文化工作的王林同志，曾拟议给我买一枝钢笔作为报酬，大概也没有成为事实，我就空手回去了。一九四七年，这本书，在冀中新华书店铅印出版，那时我在家乡活动，一直步行，曾希望书店能给我些稿费，买一辆旧自行车。结果，可能是给了点稿费，但不过够买一个给自行车打气的“气管”的钱。

建国以后，有了稿费，这种措施，突然而又突出，很引起社会上的一些注目。其结果，究竟是利多，还是弊多，现行的如何，以后又该如何，都不在这篇文章的检讨和总结范围之内。不过，我可以断定：在十年动乱时，有些作家和他们的家属，遭遇那样悲惨，是和他们得到的稿费多，有直接关系。

一九四八年平分土地之时，周而复同志托周扬同志带给我一笔稿费，是在香港出版，题为《荷花淀》的一本小说集的稿费。那时我在饶阳农村工作，一时不能回家，物价又不断上涨，我托村里一个粮食小贩，代我籴了三斗小米，存在他家里。因为那时我父亲刚刚去世，家里只有老母、弱妻和几个孩子，没有劳动力，准备接济一下他们的生活。这可以说是我第一次得到写作的经济效益。

现在，国家正推行新的经济政策和这方面的宣传，社会以及作家本身对稿费一事，是什么看法，我就不太清楚了。我只是想对有志于文学的青年，说明这样一个道理：各种工作，对国家社会的各种贡献，都应该得到合理的报酬，文学事业也不例外，但也不能太突出。另外，得到稿费，是写作有了真正成绩，达到了发表水平的结果，并不是从事文学工作的前提。真正成绩的出现，要经过一段艰苦的努力，这种努力有时需要十年，有时需要二十年，各人的情况不等。文章不能发表，主要是个人努力不够功夫不到所致，大多数，并非是客观环境硬给安排的不幸下场。不要只看见别人的“名利兼收”，就断定这是碰命运轻而易举的事，草草成篇，扔出去就会换回钞票来。那是要耽误自己的。

一九八二年十二月八日

谈 师

新年又到了。每到年关，我总是用两天时间，闭门思过：这一年的言行，有哪些主要错误？它的根源何在？影响如何？

今年想到的，还是过去检讨过的："好为人师"。这个"好"字，并非说我在这一年中，继续沽名钓誉，延揽束脩。而是对别人的称师道友，还没有做到深拒固闭，严格谢绝，并对以师名相加者进行解释，请他收回成命。

思过之余，也读了一些书。先读的是韩愈的《师说》。韩愈是主张有师的，他想当别人的师，还说明了很多非有师不可的道理。再读了柳宗元的《答韦中立论师道书》。柳宗元是不主张为人师的。他说，当今之世，谈论"师道"，正如谈论"生道"一样是可笑的，并且嘲笑了韩愈的主张和做法。话是这样说，柳宗元在信中，还是执行了为师之道，他把自己一生做文章的体会和经验，系统地、全面地、精到地、透彻地总结为下面一段话：

> 故吾每为文章，未尝敢以轻心掉之，惧其剽而不留也；未尝敢以怠心易之，惧其弛而不严也；未尝敢以昏气出之，惧其昧没而杂也；未尝敢以矜气作之，惧其偃蹇而骄也。……

来信者正是向他求问为文之道，需索的正是这些东西，这实际上等于是做了人家的老师。

近几年来，又有人称呼我为老师了。最初，我以为这不过是像前些年的“李师傅、张师傅”一样，听任人们胡喊乱叫去算了。久而久之，才觉得并不如此简单，特别是在文艺界，不只称师者的用心、目的，各有不同；而且，既然你听之任之，就要承担一些责任和义务。例如对学生只能帮忙、捧场、恭维、感谢，稍一不周，便要追问“师道何在?”等等。

最主要的，是目前我还活着，还有记忆，还有时要写文章。我所写的回忆文章，不能不牵扯到一些朋友、师长，一些所谓的学生。他们的优点，固然必须提到，他们的缺点和错误，有时在笔下也难避免。人非圣贤，孰能无过?

是的，我写回忆，是写亲身的经历，亲身的感受。有时信笔直书，真情流放，我会忘记了自己，忘记了亲属，忘记了朋友师生。就是说这样写下去，对自己是否有利，对别人是否有妨?已经有不少这样的例证，我常常为此痛苦，而又不能自制。

这几年，我写的回忆，有关“四人帮”肆虐时期者甚多。关于这一段的回忆，凡我所记，都是我亲眼所见，亲身所受，六神所注，生命所关。镂心刻骨，印象是非常鲜明清楚的。在写作时，瞻前顾后，字斟句酌，态度也是严肃的。发表以后，我还惟恐不翔实，遇见机会，就向知情者探问，征求意见。

当然，就是这样，由于前面说过的原因，在一些具体问题上，还是难免有出入，或有时说得不清楚。但人物的基本形象，场面的基本气氛，一些人当时的神气和派头，是不会错的，万无一失的。绝非我主观臆造，能把他们推向那个位置的。

我写文章，向来对事不对人，更从来不会有意给人加上什么政治渲染，这是有言行可查的。但是近来发现，有一种人，有两大特征：一是善于忘记他自己的过去，并希望别人也忘记；二是特别注意文章里的“政治色彩”，一旦影影绰绰地看到别人写了自己一点什么，就口口声声地喊：“这是政治呀！”这是他们从那边带过来的老脾气、老习惯吧？

呜呼！现在人和人的关系，真像《红楼梦》里说的：“小心弄着驴皮影儿，千万别捅破这张纸儿。”捅破了一点，就有人警告你要注意生前和身后的事了。老实说，我是几死余生，对于生前也好，身后也好，很少考虑。考虑也没用，谁知道天下事要怎样变化呢？今日之不能知明日如何，正与昨日之不能知今日如何相等。当然，有时我也耽心“四人帮”有朝一日，会不会死灰复燃呢？如果那样，我确实就凶多吉少了。但恐怕也不那么容易吧，大多数人都觉悟了。而且，我也活不了几年了。

至于青年朋友，来日方长，前程似锦，我也就不必高攀，祝愿他们好自为之吧。

我也不是绝对不想一想身后的事。有时我也想，趁着还能写几个字，最好把自己和一些人的真实关系写一写，以后彼此之间，就不要再赶趁得那么热闹，凑合得那么近乎，要求得那么刻，责难得那么深了。大家都乐得安闲一些。这也算是广见闻、正视听的一途吧，也免得身后另生歧异。

因此，最后决定：除去我在育德中学、平民学校教过的那一班女生，同口小学教过的三班学生，彼此可以称做师生之外；抗战学院、华北联大、鲁艺文学系，都属于短期训练班，称做师生勉强可以。至于文艺同行之间，虽年龄有所悬殊，进业有所先后，都不敢再受此等称呼了。自本文发表之日起实行之。

一九八二年十二月二十三日下午一时三十分

谈友

《史记》："廉颇之免长平归也，失势之时，故客尽去。及复用为将，客又复至。廉颇曰：客退矣！客曰：吁！君何见之晚也！夫天下以市道交：君有势，我则从君；君无势则去，此固其理也，有何怨乎！"

这当然记的是要人，是名将，非一般平民寒士可比。但司马迁的这段描述，恐怕也适用于一般人。因为他记述的是人之常情，社会风气，谁看了也能领会其妙处的。

他所记的这些"客"，古时叫做门客，后世称做幕僚，曹雪芹名之为清客，鲁迅呼之为帮闲。大体意思是相同的，心理状态也是一致的。不过经司马迁这样一提炼，这些"客"倒有些可爱之处，即非常坦率，如果我是廉颇，一定把他们留下来继续共事的。

问题在于，司马迁为什么把这些琐事记在一员名将的传记里？这倒是从事文学创作的人，应该有所思虑的。我认为，这是司马迁的人生体验，有切肤之痛，所以遇到机会，他就把这一素材，作了生动突出的叙述。

司马迁在一篇叙述自己身世的文章里说："家贫不足以自赎。交游莫救，左右亲近不为一言。"柳宗元在谈到自己的不幸遭遇时，也说："平居闭门，口舌无数。况又有久与游者，乃岌岌而掺其间哉！"

这都是对"友"的伤心悟道之言。非伤心不能悟道，而非悟道不能伤心也！

但是，对于朋友，是不能要求太严，有时要能谅。谅是朋友之道中很重要的一条。评价友谊，要和历史环境、时代气氛联系起来。比如说，司马迁身遭不幸，是因为他书呆子气，触怒了汉武帝，以致身下蚕室。朋友们不都是书呆子，谁也不愿意去碰一碰腐刑之苦。不替他说话，是情有可原的。当然，历史上有很多美丽动听的故事，什么摔琴呀，挂剑呀，那究竟都是传说，而且大半出现在太平盛世。柳宗元的话，倒有些新的经验，那就是"久与游者"与"岌岌而掺其间"。

例如在前些年的动乱时期，那些大字报、大批判、揭发材料，就常常证实柳氏经验。那是非常时期，有的人在政治风暴袭来时，有些害怕，抢先与原来"过从甚密"的人，划清一下界限，也是情有可原的。高尔基的名作《海燕之歌》，歌颂了那么一种勇敢的鸟，能与暴风雨搏斗。那究竟是自然界的暴风雨。如果是"四人帮"时期的政治暴风雨，我看多么勇敢的鸟，也要消声敛迹。

但是，当时的确有些人，并不害怕这种政治暴风雨，而是欢呼这种暴风雨，并且在这种暴风雨中扶摇直上了。也有人想扶摇而没能扶摇上去。如果有这样的朋友，那倒是要细察一下他在这中间的言行，该忘的忘，该谅的谅，该记的记，不能不小心一二了。

随着“四人帮”的倒台，这些人也像骆宾王的诗句，“倏忽抟风生羽翼，须臾失浪委泥沙”，又降落到地平面上来了，当今政策宽大，多数平安无恙。

既是朋友，所谓直、所谓谅，都是两方面的事，应该是对等相待的。但有一些翻政治跟头翻惯了的人，是最能利用当前的环境和口号的。例如你稍稍批评他过去的一些事，他就会说，不是实事求是啊，极不严肃呀，政治色彩呀。好像他过去的所作所为，所言所行，都与政治无关，都是很严肃、很实事求是的。对于这样的朋友，不交也罢。

当然，可不与之为友，但也不可与之为敌。

以上是就一般的朋友之道，发表一些也算是参禅悟道之言。

至于有一种所谓“小兄弟”，“哥们义气”之类的朋友，那属于另一种社会层和意识形态，不在本文论列之内，故从略。

一九八三年一月九日下午

谈文学与理想

××同志：

前两天，我看过了你寄来的小说，并于昨天，托人把剪报给你寄了回去。

这篇小说，生活和人物，都有现实的根据，但出自你的笔下，总给人一种低沉的感觉。我当时想，如果是我这个年岁写的，就合乎逻辑了。你这样年轻，写这种情调的小说，显然是早了一些。

我这种想法，并不合乎创作的规律。每个人的创作道路，不会相同，即使同时代的人，也不会一样，何况我们的年纪相差这样远，经历的道路如此不同！但是，作为一个同行，并对你有良好愿望的我，又好像了解一些你的思绪，你的企图，你的对人生的看法。

说是了解，是相对而言。我曾经对一位青年女作者说："我不了解你们这一代作家，更不了解你们作品中所写到的，那些比你们更年轻的一代，比如最近我读到的你的一篇小说里面的姐姐和妹妹。”她听了好像还有些不高兴，但我说的是真情实话。这可能和我好多年足不出户，与当代青年接触很少有关。

我了解我们这一代作家，也比较了解我们上一代的作家。我们这一代和我们上一代的作家，可以说绝大多数是知识分子，他们都有机会上过中学或大学，有的并留学外国。就是说，他们的当作家以前的生活，都是比较优裕的，有比较充实的学识修养。他们本身在执笔以前，并没有经受过什么饥寒之苦。然而他们的作品，却满怀同情劳苦的人民。他们经历的是大动荡，或者说是大变革的时代。比我们老的一代，遇到的是辛亥革命，民主革命。我们自己遇到的，则是民族革命，社会主义革命。

这两代作家，在从事写作之初，接受了世界上先进的革命思潮，受到国内革命力量的影响，加强了他们为人生而艺术的思想和意志。当然也有些作家，自觉地站在革命斗争旋涡之外，但他们的作品，不为当代所重视，因而影响甚微。

这两代作家的作品，在政治思想上，都有明显的倾向性。其中当然又有分别，有站在潮流之前的，有处在潮流之中的，也有远离潮流而只是心向往之的。但他们都是有理想的，有支持自己写作的精神力量的。

这是时代，也可以说是这一时代的政治，对作家的强大的影响。政治与文艺无关的说法，从这两代作家的经历，证明是不可信的。

我青年时期也读过孔孟的书，老庄的书，韩非的书，都研进不深。也读过一些外国不同思想流派的文学作品，包括尼采的作品。

也读过吴稚晖的书，梁漱溟的书，周作人的书。后来终于集中精力读新兴社会科学，十月革命文学和鲁迅的书。

这种选择，在当时，并非我一个人，社会上所有从事文学工作的青年人，都在向这方面探索追求。

三十年代初，我在北京流浪时，东安市场小书摊，在晚上都摆出一张马克思的相片。他们知道，凡是来这里买书的人，都从心里向往着革命。高尔基的肖像，对于这些青年，吸引力也很大。

抗日战争时期，我在晋察冀边区工作，唱过从西北战地服务团学来的一首歌，其中有一句："为了建立人民共和国"，这一句的曲调，委婉而昂扬，我们唱时都用颤音，非常激动。

那时候，引导作家们写作的，就是这些鲜明而有号召力的政治目标，经过无数人的流血牺牲，我们终于建立了中华人民共和国。这是我们这一代作家青壮年时期的历程总结。

我不了解你们这一代作家的学习过程、生活过程和所持理想的形成过程。但我知道，十年动乱，实际上对每个正直的人，都是一种意想不到的大不幸。你们看到了老一代作家的遭遇，老一代也看到了你们一代的遭遇。这种遭遇，不能不影响一个人的思想感情，特别是对于作家。我了解自己在这一时期，思想感情所经历的痛苦磨炼，但我对青年人的思想感情的变化，则所知甚少。作为一个作家，每时每刻，都和国家的命运联系在一起，不管任何处境，他不能不和广大人民，休戚相关。国家、人民的命运，就是作家的命运。

我们这一代，经历了国家和人民的苦难、斗争、曲折艰辛的时期。对作家来说，这很难认定是幸还是不幸。十年动乱是一个大悲剧，但整个历程并非都是悲剧。我不知道，你们这一代，如何评价我们的作品，以及如何看待我们的遭遇。我们遭遇的挫折，不应该引起你们对战斗的文学的失望。

现在，我们这一代，很多人的墓木已拱，有各式各样的下场，现在无须再去谈论它。文学事业正如其他事业，是不会停滞的，是不会间断的，是继往开来的。人民希望能有更多更有为的作家出现。他们和国家人民拥抱在一起，共同呼吸，有共同理想。

作家没有理想，就常常走到虚无主义那里去。虚无主义本身又永远不能成为一种人生的理想，只能导致作品和作家的沉落。历史上，很多有奇异才华的作家，就是在这个深渊里消失了。虚无主义不能成全作家。

在经历种种忧患之后，我时常警惕自己。

历史和现实，在不断运转，不断前进。推动历史，反映现实，作家有一份力量，但不能妄自尊大，以为自己会有多么了不起的作用。

忧国忧民，是中国文学的一个显著的传统。这一伟大传统，从古代歌谣，就充分表现出来了。历代的诗歌、小说、戏剧，都在继承这一传统。今天的作品，尤其需要发扬它。这是时代的大主题。

尊重和发扬我们民族的传统，包括文学艺术的传统，对当代的青年作家来说，恐怕是很重要的。

至于处世之间的一些苦恼，个人生活中的一些不愉快，这是随时都可以发生的。处理这些问题，最好用中国哲学的方法。不然就徒伤心神，无补实际。读书是用来帮助自己前进的，无论舟楫车轮，都可利用。

总之，多读一些中国历史，包括文学史，多读一些中国文学典籍，就会知道我们的民族是伟大的，历代产生的作家，遭遇虽多不幸，他们的工作，是无愧于自己的民族的。愿你多读多写。

一九八三年八月二十七日晨

谈改稿

传说《吕氏春秋》成书后，悬之国门，千金不能易一字。我常想：这可能是一种神话。事实上，任何人的文章，不会一个字也动不得。但又听说，当代有一位作家，前些年，他的一篇文章，被选入中学课本。编辑认为有一个字，需要改动一下，他不接受，请叶圣陶去和他说，他仍坚持不改，而终于改不成。这真的成为千金不易一字了。我不知道是一个什么字，所以也无法评议其是非。

如果关于吕氏之书的传说，是为了说明这部书，经过作者反复推敲修改，文字上已经完美无缺，没有多少指责的余地，那是可以理解的。对后来的作者，也是有教育意义的，但绝非说一个人的文章，就可以做到一个字也不能改动。

“敝帚自珍”也是我们的一句老话。又有人说，人们偏爱自己的作品，像偏爱自己的孩子一样。但不管如何自珍与溺爱，总还是允许别人有所非议挑剔，当然，也要看非议挑剔得是否得当。

别人大砍大削我的文章，特别是已经发表过的文章，例如《荷花淀》，一处就删去八行，二百余字，这是我写过文章，表示过抗议的。前几年，有一位中学老师为一个部门编选业余教材，选上了《山地回忆》，寄来他对此文的修改清样。只是第一段，我就看到，他用各种符号，把原来文字，删来改去，勾画得像棋盘上走乱了的棋子一样。我确实是非常不愉快了。我想：我写的文章，既然如此不通，那你何必又去选它呢？

但是，对于编辑部提出的个别文字的修改，我从来是认真考虑，虚心接受的。因为我知道，我的修辞造句的功夫，并非那么深厚。

现在，大家又在推崇我们古代文字之美了，都在欣赏古文古诗。那些作品，读起来就是好，也真有它们的生命力。我体会到，古人的这些传世之作，其产生，固然因为作家的才力，更多的，恐怕是他们修改的功夫。他们的文章，篇幅都很短小，但绝不是一挥而就，就认为尽善尽美。而是改过若干次，即不是一次两次。传说王勃是才子，他的名作《滕王阁序》，也不会是没有修改就定稿的。

古人写了文章，很多是贴在墙上，来回的念诵，随时更易其文字。寄给朋友们看，征求意见。十天半月甚至半年一年的在那里用功。每一个字都印在心里。是这样写文章的。

越到老年，我越相信：好文章是改出来的这句话。如果我们读书，不只读作家的发表之作，还有机会去研究他们的修改过程，对我们一定有更多的好处，可惜这方面的资料和书籍，很少很少。

一九八三年九月七日

谈读书

读书，主要靠自学。记得上中学时，精力旺盛，读书最多，也最专心。我们的国文老师，除去选些课文，在课堂给我们讲解外，就是介绍一些参考书，叫我们自己在课外去选择、去阅览。

文学非同科学，有时是可以无师自通的，只要个人努力。读书也没有准则，只有摸索着前进。读书和自己的志趣有关，一个人的志趣，常常因为时代、环境的变化，而有所改变。所以，就是师长给你介绍的书，也不一定就正中你的心意，正合你当时的爱好。

例如鲁迅先生给许世瑛开的十部书，是很有名的。但仔细一想，许世瑛那时年纪还小，他能读《全上古……文》或《四库全书总目》那类的古书吗？会有兴趣吗？但开这样一个书目，对他还是有好处的。使他知道：人世间有这样几部书，鲁迅先生是推重这些作品的。

现在，也常常有人叫我给他开个书目之类的单子，我是从来不开的。迫不得已，我就给他开些唐诗古文之类的书，这是书林中的菽粟，对谁也不会有害处的。我想：我读过的，你不一定去读，也不一定爱好。我没有读过的好书多得很。而我读书，是从来没有计划，是遇到什么就读什么的。其中，有些书读了，确实有好处，有些书却读不懂，有些书虽然读过了，却毫无所得。

根据以上这个经验，我后来读书，就知道有所选择了。先看前人的读书提要，了解一下书的作者及其内容。而古人的读书笔记，多是藏书记，只记他这本书，如何得来，如何珍贵，对内容含义，缺少正确的评价，这就只好又去碰了。

“开卷有益”，我常常这样安慰自己。

我的习惯，选择了一本书，我就要认真把它读完。半途而废的情况很少。其中我认为好的地方，就把它摘录在本子上。我爱惜书，不忍在书上涂写，或作什么记号，其实这是因小失大。读书，应该把随时的感想记在书眉上，读完一本，或读完一章，都应该把内容要点以及你的读后意见，记在章尾书后，供日后查考。读古书，这样做方便一些，因为所留天地很大，前后并有闲纸，现在印书，为了节省纸张，空白很少，只好写在纸条上，夹在书里面。不然年深日久，你读过的书就会遗忘，等于没有读。古人读书，都作提要，对作者身世，著作内容，作简要的叙述和评价，这个办法，很值得我们读书时取法。

青年人读书，常常和政治要求、文坛现状、时代思潮有关；也常常和个人遭遇、思想情绪有关。然而，总的趋势，是向前发展的，不是一成不变的。老年人的爱好，常常和青年人的爱好不大一样，这是很自然的，也不要相互勉强。

比如，我现在喜欢读一些字大行稀，赏心悦目的历史古书，不喜欢看文字密密麻麻，情节复杂奇幻的爱情小说，但这却是不能强求于青年人的。反过来说，青年人喜欢看乐意写的这样的小说，我也是宁可闲坐一会儿，不大喜欢去读的。

一九八三年九月八日晨雨

谈修辞

我在中学时，读过一本章锡琛的《修辞学概论》，也买过一本陈望道的《修辞学发凡》。后来觉得，修辞学只是一种学问，不能直接运用到写作上。

语言来自生活，文字来自书本。书读多了，群众语言听得熟了，自然就会写文章。脑子里老是记着修辞学上的许多格式，那是只有吃苦，写不成文章的。

古书上有一句话：修辞立其诚。这句话，我倒老是记在心里。

把修辞和诚意联系起来，我觉得这是古人深思熟虑，得出来的独到见解。

通常，一谈到修辞，就是合乎语法，语言简洁，漂亮，多变化等等，其实不得要领。修辞的目的，是为了立诚；立诚然后辞修。这是语言文字的辩证法。

语言，在日常生活中，以及表现在文字上，如果是真诚感情的流露，不用修辞，就能有感人的力量。

“情见乎辞”，这就是言词已经传达了真诚的感情。

“振振有辞”，“念念有辞”，这就很难说了。其中不真诚的成分可能不少，听者也就不一定会受感动。

所以说，有词不一定有诚，而只有真诚，才能使辞感动听者，达到修辞的目的。

苏秦、张仪，可谓善辩矣，但古人说：好辩而无诚，所谓利口覆邦国之人也。因此只能说是辞令家，不能说是文学家。作家的语言，也可以像苏秦、张仪那样的善辩，但必须出自创作的真诚，才能成为感人的文学语言。

就是苏秦，除了外交辞令，有时也说真诚的话，也能感动人。《战国策》载，苏秦不得志时，家人对他很冷淡，及至得志归里，家人态度大变。苏秦曰：“嗟乎！贫穷则父母不子，富贵则亲戚畏惧。人生世上，势位富贵，盍可忽乎哉！”这就叫情见乎辞，比他游说诸侯时说的话，真诚多了。也就近似文学语言了。

从事文学工作，欲求语言文字感人，必先从诚意做起。有的人为人不诚实，善观风色，察气候，施权术，耍两面，不适于文学写作，可以在别的方面，求得发展。

凡是这种人写的文章，不只他们的小说，到处给人虚伪造作、投机取巧的感觉，就是一篇千把字的散文，看不上几句，也会使人有这种感觉。文学如明镜、清泉，不能掩饰虚伪。

一九八三年九月八日下午，雨仍在下着。

谈评论

评论文章，并不是那么容易，就能写好的。评论一个人难，评论一篇文章同样难。评论一个人，要能知人论世，设身处地。就是要把一个人，同他所处的时代、环境联系起来，才能客观，有可信性。评论一部作品，如果对作家的时代、环境，毫无所知，就作品评作品，其肤浅就可想而知了。

近年评论《红楼梦》的学者们，对于曹雪芹所处的时代环境，研究的可以说是广泛而周到了。但有些研究，简直与作品风马牛不相及，牵强附会，甚至虚假不可信。用这种资料，去研究作者以及作品，那也将是徒劳无益、甚至有害的。评论作品要靠对作家的了解，但如果了解得不准确，而自以为是，写出来的评论，就会更糟。

几十年来，在这个文艺圈子里，我们看到过或经受过各样的文艺评论。有些是声讨式的一篇大文，赫然出现在大报上，情况严重，声势浩大，立刻使所有执笔为文者，及其家属亲朋，都感到战栗。有些是吹捧式的，一部作品，经权威者发见，推崇备至，封为一流，遂使万人空巷，钟鼓齐鸣。这是两个极端，时间已证明多为荒谬，可以不必再去谈它。

党的三中全会以后，实事求是的文艺批评，重新为人们所提倡。但因为积重难返，真正做到这一点，还是很不容易的。鉴于过去棒喝主义的恶果太惨重，声讨式的评论文章，近来确是不常见了。吹捧式的评论，其数量虽不见减少，其程度——即吹捧的调门，却有渐渐降低的趋势。一般说来，目前的文艺批评，总的缺点，还是忽视艺术分析。具体说来，有如下几个方面：

一、架子太大，识见平常。很多文艺评论，文章很长，间架很大。好像不如此，不足以称为文学评论似的。这是一种传统习惯，而表现在文艺评论家那里，尤其显著。文章的规模，他们取法于古典批评家，而细观其学识和见解，又多不相称。

二、人云亦云，角度一样。读关于某一作家的评论，常感到这一点。当然谈的是一个人的作品，会有相同内容。但是在艺术分析方面，甚至所用辞句方面，雷同之处甚多，读起来就缺乏兴味了。着眼的角度，也大体一致。不能另开途径，探讨新的领域，以丰富对这一作家的研究。

三、争执不下，没有准绳。现在，对于过去说是“有问题的作品”，叫做“有争议的作品”。在讨论时，总是有两种完全对立的意见：甲说很坏；乙说很好。争执一通，无结果而散。这就叫做争鸣吗？任何事物，总有一个衡量标准，定其质量。现在评论文章，不大提政治标准了。其实历代文艺批评，并非完全不顾政治。艺术标准，也不是抽象的，不会是各执一词，就可以罢休的。不能把文艺上的什么主义，或什么流派的主张，各有所好，随便拿来，作为衡量人间一切文艺的尺度。对于艺术，古今中外，总是把现实生活、民族传统、社会效果，作为评价取舍的标准的。

如果一个民族，能以其不断向上的正义的力量，维护着一个人心所向的道德标准；同样，这个民族，也就能维护着一个人民共同认识的艺术标准。

一九八三年九月九日晨

谈爱书

上

那天，有一位客人来闲谈。他问：“听说，你写的稿子，编辑不能改动一个字。另外，到你这里来，千万不要提借书的事。都是真的吗？”

我回答说：

关于稿子的事，这里先不谈。关于借书的事，传说的也不尽属实。我喜爱书，珍惜书。要用的书，即是所谓藏书，我确是不愿意借出去的。但是，对我用处不大，我也不大喜欢的书，我是宁可送给别人，不要他归还的。我有一种洁癖，看书有自己的习惯。别人借去，总是要有些污损。例如，这个书架上的杂志和书，院里院外的孩子们要看，我都是装上封套，送给他们。他们拿回去怎样看，我就管不了许多。

即使是我喜爱的书，在一种特殊的时机，我也是可以慷慨送人的。例如抗日战争爆发以后，许多同志都到我家拿过书。大敌当前，身家性命都不保，同志们把书拿出去，增加知识，为抗日增加一分力量，何乐而不为？王林、路一、陈乔，都曾打开我的书箱，挑拣过书籍。有的自己看，有的选择有用的材料，油印流传。这些书，都是我从中学求学，北平流浪，同口教书，节衣缩食买下来，平日惜如性命的。

十年动乱开始，我的书共十书柜，全部被抄。我的老伴，知道书是我的性命，非常难过。看看我的面色，却很冷漠，她奇怪了。还以为我能临事不惊、心胸宽阔呢。当时，我只对她说：

“书是小事。”

有些书，我确是不轻易外借的。比如《金瓶梅》这部书，我买的是解放后国家影印的本子。二十四册，两布函，价五十元。动乱之前，就常常有同志想看，知道我的毛病，又不好意思说。有的人拐弯抹角；

“我想借你部书看。”

我说：

“什么书？新出版的诗集、小说，都在这个书架上，你随便挑吧！”

“不。”他说，“我想借一部旧书看看。”

“那也好。”我心里已经明白七分，“这里有一部新印的《聊斋》。”

他好像也明白了，不再说话。

抄去的书籍还能够发还，正如人能从这场灾难中活过来，原是我意想不到的。但终于说是要落实政策了，但就是不发还这一部。我心里已经有底，知道有人想借机扣下，就是不放弃。过了半年，还是有权者给说了话，才答应给我。这一天，报社的“革委会”主任，把我叫到政工组的内间。我以为他有什么公事，要和我谈。坐下来后，他说：

“听说要发还你那部书了，我想借去看看。”

“可以。”他是“革委会”主任，我不便拒绝，说，“最好快一些，另外，请不要外传。”

政工组到查抄办公室，把书领回来，就直接交到他手里去了。那是我未曾触手的一部新书，还好，他送给我时，污损不大。时间也不太长。我想他不一定通读，而是选读。

过去，《金瓶梅词话》的洁本出版以后，北平书摊上，忽然出现一本小书，封面上画着一只金色的瓶子，上面插着一枝梅花，写着“补遗”二字。定价高昂，对于只想看“那一部分”的读者，大敲竹杠。我很后悔没有买下一本，应付来借这部书的人们。

客人又问：

“从你写的一些文章看，你的家庭，并不是书香门第，那你为什么从幼年就爱上了书呢？”

我答：我幼年时，我家里，可以说是一本书也没有。我的父亲，只念过二年私塾，然后经招赘在本村的一个山西人，介绍到祁州（后来改称安国县）一家店铺去学徒。家境很不好，祖父一直盼望父亲，能吃上一点股分，没有等到就去世了。祖父的死，甚至难以为葬，同事们劝父亲“打秋风”，父亲不愿，借贷了一些钱，才出了殡。这是母亲告诉我的。父亲没有多读书，但看到我的兄弟们都已夭殇，我又多病，既不能务农，又因娇惯也不能低声下气去侍候人——学徒。眼下家境好些了，所以决定让我读书。我记得从我上学起，父亲给我买过一部《曾文正公家书》，从别人要来一本《京剧大观》，还交给过我一本他亲手抄录的、本县一位姓阎的翰林，放学政时在路途上写的诗。父亲好写字，家里还有一些破旧的字帖。

我的书都是后来我做事，慢慢买起来的，父亲也从不干预。但父亲很早就看出我是个无能之辈，不会有多大出息，暗暗有些失望了。

下

我喜爱书，在乡里也小有名声。我十七岁，与黄城王姓结婚。结婚后的年节，要去住丈人家。这在旧社会，被看做是人生一大快事，与金榜题名、作品获奖相等。因为到那里，不只被称作娇客，吃得很好，而且有她的姐妹兄弟，陪着玩。在正月，就是大家在一起摸纸牌。围在一起，说说笑笑，打打闹闹，其乐可以说是无穷的。但我对这些事没有兴趣。她家外院有一间闲屋，里面有几部旧书，也不知是哪一辈传流下来的，满是灰尘。我把书抱回屋里，埋头去看。别人来叫，她催我去，我也不动。这样，在她们村里，就有两种传说：老年人说我到底是个念书人；姑娘们说我是个书呆子，不合群。

我的一生，虽说是与书结下了不解之缘，中间也有间断。一九五六年秋末，我得了严重的神经衰弱症。经过长期失眠，我的心神好像失落了，我觉得马上就要死，天地间突然暗了一色。我非常悲观，对什么也没有了兴趣，平日喜爱的书，再也无心去看。在北京的一家医院医治时，一位大夫曾把他的唐诗宋词拿来，试图恢复我的爱好，我连动都没动。三个月后，我到小汤山疗养院。附近有一家新华书店，里面有一些书，是城里不好买到的，我到那里买了一部《拍案惊奇》和一本《唐才子传》，这证明我的病，经过大自然的陶泄，已经好了许多。

半年以后，我又转到青岛疗养。住在正阳关路十号。路两旁是一色的紫薇花树。每星期，有车进市里，我不买别的东西，专逛书店。我买了不少丛书集成的零本，看完后还有心思包扎好，寄回家中。吹过海风，我的身体更进一步好转了。

十年动乱，我的书没有了，后来领到一小本四合一的“红宝书”。第一次开批判会，我忘记带上，被罚站两个小时，从此就一直带在身上，随时念诵。一是对领袖尊敬，二是爱护书籍的习惯没改，这本小书，用了几年，还是很干净整齐。别人的，都摸成黑色了。

客：“可不可以这样说：你的有生之年，就是爱书之日呢?”

我说：这也很难说。我的书，经过几次沧桑，已如上述。书籍发还以后，我对它们还是有一种久别重逢的感情的。从今年起，我对书的感情渐渐淡漠了，不愿再去整理。这恐怕是和年岁有关，是大限将临的一种征兆。也很少买书了。前些天，托人买了一部《文苑英华》，一看字缩印得那样小，本子装订得又那样厚，实在兴趣索然。本来还想买一部《册府元龟》的，也作罢了。

我的生平，没有什么其他爱好。不用说声色犬马，就是打扑克、下象棋，我也不会。对于衣食器用，你都看见了，我一向是随随便便，得过且过的。但进城以后，有些稿费，既对别的事物无多需求，旧习不改，就想多买书。其实也看不了许多，想当一个藏书家。“文化大革命”期间，有人说我是聚浮财，有人说我是玩书。玩人丧德，玩物丧志，玩书又将如何呢？这就很难说清楚了。黄丕烈、陆心源都是藏书家，也可以说都是玩书的人。不过人家钱多，玩得大方一些，我钱少，玩得小气一些。人无他好，又无他能，有些余力，就只好爱爱书吧。

我死以后，是打算把一些有用的书，捐献给国家的，虽然并没有什么珍本。不过包书皮上，我多有胡涂乱写，想在近期清理一下，以免遗笑后世。

一九八三年九月十九日夜记

爱书续谈

客：读书首先要知道爱书。不过，请原谅，像你这样爱书，体贴入微，一尘不染，是否也有些过火，别人不好做到呢？

答：是这样，不能强求于人，我也觉得有些好笑。年轻时在家里读书，书放在妻子陪嫁的红柜里。妻子对我爱书的嘲笑，有八个字："轻拿轻放，拿拿放放。"书籍是求知的工具，而且只是求知的手段之一，主在利用。清朝一部笔记里说：到有藏书的人家去，看到谁家的书崭新，插架整齐，他家的子弟，一定是不读书，没有学问的。看到谁家的书零乱破败，散放各处，这家的子弟，才是真正读书的人。这恐怕也是经验之谈。我的书，我喜爱的书，我的孩子们是不能乱动的。我有时看到别人家，床上、地下、窗台、厕所，到处堆放着书，好像主人走到哪里，坐在何处，随时随地，都可以拿起来阅读，也确实感到方便，认为是读书的一种好方法。但就是改不了自己的老习惯。我的书，看过以后，总是要归还原处，放进书柜的。中国旧医书上说有一种疾病，叫做"书痴"，我的行为，庶几近之。

客：这也难说。我看你在日常生活中，不只对书，对什么东西，也是珍惜，不肯抛废。这是否和长期过艰苦生活有关呢？

答：我们已经谈过，我自幼家境并不好，看到母亲、妻子终日织纺，一粒粮食，得来不易，我很早就养成了一种俭朴的生活习惯，有时颇近于农民的吝惜。直到现在，还是如此，我已经描写在一篇小说之中，作为自嘲。

抗日战争和解放战争期间，我离乡背井，可以说是穷到一无所有。行军时，只有一根六道木棍子和一个用破裤子缝成的所谓书包，是我惟一的私有财产。我对它们也是爱护备至，惟恐丢掉。特别是那根棍子，就像是孙悟空手里那根金箍棒一样，时刻不离手，从晋察冀拿到延安，又从延安拿到华北。你看，人总是有一点私有观念，根深蒂固，即使只剩下一点破烂，也像叫化子，不肯放下那根破枣木棍儿。但是，就在这种情况下，我的破书包里，还总是带着一本书，准备休息时阅读。我带过《毁灭》、《呐喊》、《彷徨》，也带过《楚辞》和线装的《孟子》。那时行军，书带多了，是走不动的，我就选择轻便的书带上。

客：你读书，有没有目的性？或者说，从什么时候开始，你的读书，才是自觉的，有所追求的呢？

答：幼年读书，可以说是没有目的的，上小学是为了识字，看小说，是叫做看闲书。《红楼梦》、《封神演义》，是我在本村借来看的。如果说读书，是为了追求什么，那应该从我读高中说起。这时，我已经十九岁，东北九一八事变，上海一二八战事，接连发生，这是国家民族的处境。我个人的处境是初中毕业，没有生活出路，父亲又勉强叫我再上二年高中。高中毕业以后，又将如何，实在茫然。人在青年，对国家，对家庭，对周围环境，对个人，总是有很多幻想，很多希望与失望，感慨和不平的。但我并没有斗争的勇气，也没有参加过什么实际的革命活动。我处在一种隐隐的忧闷之中彷徨不定，想从书本上，得到一些启示，一些安慰，一些陶醉。

读书是一种文化活动，文化活动总是带有时代特点。青年读书，总是顺应时代思想的潮流的。这一时期，我读了大量的新兴社会科学和新兴革命文学的书籍，这对于我后来参加抗日战争，无疑是一种起主导作用的推动力。所以说，二十岁上下时的读书，虽然目的性并不明确，但对国家民族的解放和进步，对自身生活、思想的解放和进步的向往和追求，还是有意识的，而且是很强烈的。

我应该感谢书籍，它对我有很大的救助力量。它使我在青春期，没有陷入苦恼的深渊，一沉不起。对现实生活，没有失去信心。它时常给我以憧憬，以希望，以启示。在我流浪北平街头，衣食不继时，它躺在街头小摊上，蓬头垢面与我邂逅。风尘之中，成为莫逆。当我在荒村教书时，一盏孤灯，一卷行李，它陪我度过了无数孤独的夜晚，直到雄鸡晓啼。在阜平草棚，延安窑洞，它都伴我枯寂，给我营养，使我奋发。此情此景，直到目前，并无改变。一往情深，矢志不移，白头偕老，可谓此矣。我对它珍惜一点，溺爱一点，也是情理之常，不足为怪了。

一九八三年九月二十二日

我和古书

我的读书过程，可以分成几个阶段。从小学到初中，可以说是启蒙阶段，接受师长教育。高中到教书，可以说是追求探索阶段。抗日战争到解放战争，可以说是学以致用阶段。进城以后，可以说是广事购求，多方涉猎，想当藏书家的阶段。

可以从第三阶段说起。抗日战争时期，在冀中区，我们油印出版过一些小册子，其中包括苏联十月革命以后的文艺创作和新的文学理论。这些书，都是我在三十年代研究和学习过的。我所写的文艺方面的论文和初期的创作，明显地受这些理论和作品的影响。例如我的第一篇小说《一天的工作》和第一篇论文《现实主义文学论》。所以说，这是“学以致用”的阶段，我们在这一时期的工作，虽然幼稚，但今天看起来，它在根据地的影响，还是很深远的。

我在三十年代初，所学习的文艺方面以及社会科学方面的知识，都尽量应用在抗日工作中去，献出了我微薄的力量。另外，在实际工作中，又得以充实自己，发展所学，增长了工作的能力。

为什么进城以后，我又爱好起古书来呢？

我小的时候，上的是“国民小学”，没有读过“四书五经”。不知为什么，总觉得是一个缺陷。中学时，我想自学补课，跑到商务印书馆，买了一部《四书》，没有能读下去，就转向新兴的社会科学去了。直到现在，很多古籍，如不看注，还是读不好，就是因为没有打下基础。初进城时，薪俸微薄，我还是在冷摊上买些破旧书，也包括古籍，但是很零碎，没有系统。以后，收入多了一些，我才慢慢收集经、史、子、集四方面的书，但也很不完备。直到目前，我的二十四史，还缺《宋书》和《南齐书》两种，没有配全。认真读过的，也只有《史》、《汉》、《三国志》和《新五代史》几种。《资治通鉴》，读过一部分，《纲鉴易知录》通读过了。近人的历史著作，如夏曾佑的《中国古代史》，吕思勉的《隋唐五代史》，《清史纲要》等，也粗略读过。我还买一些非正史，即所谓载记一类的书：《十六国春秋》、《十国春秋》、《吴越备史》、《七家后汉书》等等。但对我来说，程度最适合的，莫过于司马光的《稽古录》。我买了不少的明末野史、宋人笔记、宋人轶事、明清笔记，都与历史有关。

《世说新语》一类的书，买得很多，直至近人的《新世说》。我喜爱买书，不只买一种版本，而是多方购求。《世说新语》，我有四种本子，除去明刊影印本两种，还有唐写本的影印本，后来的思贤讲舍的刻本。《太平广记》也有四种版本：石印、小木版、明刊影印、近年排印。《红楼梦》、《水浒》，版本种类也有数种，包括有正本、贯华堂本。还有《续水浒》、《荡寇志》。

各代文学总集，著名作家的文集，从汉魏到宋元，经过多年的搜集，可以说是略备。明清的总集别集，我没有多留心去买。我对这两朝的文章，抱有一点轻视的成见。但一些重要思想家、学术家和著名作家的书，还是买了几种。如黄梨洲、崔东壁、钱大昕、俞正燮、俞樾等。一些政治家，如徐光启、林则徐的文集，我也买了。钱谦益的两部集子也买了。

近代学者梁启超、章太炎，我买了他们的全集。王国维，我买了他的主要著作。近人邓之诚，岑仲勉的关于历史和地理的书，我也买了几种。黄侃、陈垣、余嘉锡的著作，也有几种。

我的藏书中，以小说类为最多，因为这有关本行。除去总集如《太平广记》、《说郛》、顾氏文房小说以外，张之洞的《书目答问》、小说家类，共开列三十六种，我差不多买齐了。其次是杂史类掌故之属，《书目答问》共开列二十一种，我买了一半多。再其次是儒家考订之属，我有二十六种。

刚进城时，新旧交替，书市上旧书很多，也很便宜。我们刚进来，两手空空，大部头的书，还是不敢问津。《四部丛刊》，我只是在小摊上，买一些零散的，陆续买了很多。以后手里有些钱，也就不便再买全部。因此，我的《四部丛刊》，无论初、二、三编，都是不全的，有黑纸的，也有白纸的，很不整齐。廿四史也同样，是先后零买的，木版、石印、铅印；大字、小字、方字、扁字，什么本子也有。其中以《四部备要》的本子为多。《四部备要》中其他方面的书，也占我所藏线装书的大部分。

谱录方面的书，也有一些，特别是书目。

我买书很杂，例如有一捆书（我的书自从抄家时捆上，就一直沿用这个办法）的书目为：《黄帝内经·素问》、《桑蚕粹编》、《司牧安骥集》、《考工记图》、《郑和航海图》、《营造法式》、《花镜》……这并非证明我无书不读，只是说有一个时期，我是无书不买的。

一九八三年九月二十七日

我中学时课外阅读的情况

从一九二六年起，我在保定育德中学读书六年（初中四年，高中二年）。回忆在那一时期的课外阅读，印象较深的，有以下几个方面：

一、读报纸：每天下午课毕，我到阅览室读报。所读报纸，主要为天津的《大公报》和上海的《申报》，也读天津《益世报》和北平的《世界日报》，主要是看副刊。《大公报》副刊有《文艺》，《申报》有《自由谈》，前者多登创作，沈从文主编。后者多登杂文，黎烈文主编。当时以鲁迅作品为主。

二、读杂志：当时所读杂志有《小说月报》、《现代》、《北斗》、《文学月报》等，为文艺刊物，多左翼作家作品。《东方杂志》、《新中华》杂志、《读书杂志》、《中学生》杂志等，为综合杂志。当时《读书杂志》正讨论中国社会史问题，我很有兴趣。也读《申报月刊》和《国闻周报》（《大公报》出版）。

三、读社会科学：读了《政治经济学批判》、《费尔巴赫论》、

《唯物论与经验批判论》等经典著作，以及当时翻译过来的苏联及日本学者所著经济学教程。如布哈林和河上肇等人的著作。

四、读自然科学：读《科学概论》、《生物学精义》，还读了一本通俗的人类发展史，书名叫《两条腿》，北新书局出版。

五、读旧书：读《四书集注》、庄子、孟子选本，楚辞、宋词选本。以及近代人著文言小说如《浮生六记》、《断鸿零雁记》等。

六、读文化史：先读赵景深《中国文学小史》、王冶秋《新文学小史》（载于《育德月刊》）、杨东莼《中国文化史》、胡适《白话文学史》、冯友兰《中国哲学史》。《欧洲文艺思潮》、《欧洲文学史》，日人盐谷温、青木正儿等人的有关中国文学著作。

七、读小说散文：《独秀文存》、《胡适文存》，鲁迅、周作人等译作，冰心、朱自清、老舍、废名作品，英法小说、泰戈尔作品。后来即专读左翼作家及苏联作家小说。

八、读文艺理论：读《文学概论》及当时文坛论战的文章，如鲁迅与创造社一些人的论战，后来的《文艺自由论辩》，及中外人写的唯物史观艺术论著。日本厨川白村、藏原惟人、秋田雨雀的著作，柯根《伟大的十年间文学》等。

九、读文字语言学：陈望道《修辞学发凡》、杨树达《词诠》、穆勒《名学纲要》，即逻辑学。

十、读人生观、宇宙观方面的书：记有吴稚晖、梁漱溟著作，忘记书名。

以上所记，主要是课外读物，多由教师介绍指导。中学生既无力多买书，也不大知道应该买哪些书，所以应该利用学校中的图书馆，并请教师指导。向同学师长借阅书籍，要按期归还，保持清洁。

一九八三年十月四日

谈“打”

我住的屋子，是旧式建筑。虽然高大，但采光不好，每到升炉子以前这一段时光，阴冷得很不好过。夜晚看书，也要披上一件大棉袄。

这件大棉袄，也很有年代了。是一九六六年冬天，老伴为我添制，应付出去“开会”穿的。在当时，这还算是时兴式样，现在很少见到有人穿了。我第一次穿着它去“开会”时，还有革命群众看不惯，好像说我没有资格再穿一件新棉袄。后来我就很少穿它，只穿一身破烂不堪像叫化子一样的衣服。

其实是妄然的。我眼前的文章，写的是赵树理的“最后五年”。说他只是回答了一句问话，就被一个素不相识的、五大三粗的汉子，当胸击了一拳，赵应声倒地，断了三根肋骨，终于造成他的死亡。

哪里来的这么大的仇恨？是出自无产阶级感情吗？好像又不是。因为文章说这只是一个“恶棍”。

一个恶棍，一拳打断一个作家的三根肋骨。在当时，这被称作“革命”，现在读到这里，确是不能不感到身上有些发凉了。

在那些年月里，说句良心话，我是没有挨过多少打的。只是在干校单独出工时，冒犯了当地农场的几个坏孩子，当我正在低头操作时，一块馒头大小的碎砖飞来，正中我的头顶，如果不是戴着一顶棉帽，很可能脑浆飞迸，当场死亡了。

那时我被定上了一些罪名。有些人定我为某某“黑帮”，这是出于他们的“常识”，且不去谈它。又说我是某某和某某的死党。前者为本市的文教书记，后者为宣传部的副部长。这个罪名，一直延续到“文革”后期，好像是定论似的。最后一次叫我写材料，那位办事人还惋惜地说：

“看，和他们搞到了一起！”

对此，我从来没有辩解过，只是沉默着。我渐渐明白，这完全是一些人的政治权术。他们从以上两位得到的实惠，要比我多，关系也密切得多，却反过来说我是死党。那时候，革命群众要保一些人，也要打倒一些人。作家是没有人保的。保你干什么？你不过是一个作家，能给人家什么好处？打倒你，得罪了你，你也不过是一个作家，能有什么权力报复？所以，作家被首先打倒，这是理所当然的事。其实，他们也知道，我这个人落落寡合，个人主义严重，是很难与人结为死党的。

以上是对保与打的一般理解。但对那些打手的心理状态，又如何分析呢？我初步揣想，可能有以下几种情况：

一、对共产党有刻骨仇恨，借机报复。

二、不逞之徒想因缘林彪、“四人帮”的政策上台，捞一官半职。

三、流氓无赖打蹭拳、充威风。

如果遭害者是一个作家，还有一种心理激动，那就是嫉妒。进城以后，有稿费一说，遂使一些人认为作家一行是摇钱树，日进斗金，羡慕非常。再加上江青倡言稿费是“不义之财”，乃打出手，以快其意。

其实像赵树理这样的作家，虽承担有钱的虚名，在他有生之日，是没有什么金钱欲，也没有享受过什么物质福的。他追求的是艺术成就，衣、食、住、行，都不及其它行当的人讲究。而一遇什么运动，他却常常被首先揪出示众，接连不断地作检讨。

赵树理的最后五年，过去又有好多岁月了。我想，像那个“五大三粗”的人，生活得还是很好的，也不会有什么忏悔之意吧。他可能打了一些人，也可能还保了一些人。这就很难说了。

看书看到这里，就越感到当前政治清明，太平盛世的可贵了。向前看吧！

一九八三年十月二十二日

改稿举例

这里说的改稿，不是我自己修改稿件，也不是我给别人修改稿件。是我近年给报刊投稿，编辑同志们，给我修改稿件。

他们这些修改，我都认为很好，我没有任何异议。在把这些文章编入集子的时候，我都采纳了他们的修改。

现就记忆所及，例举如下：

（一）《文集自叙》。这篇稿子，投寄《人民日报》。文章有一段概述我们这一代作家的生活、学习经历，涉及时代和社会，叙述浮泛，时空旷远。大概有三百余字，编辑部给删去了，在文末有所注明。在编入文集时，就是用的他们的改样。

因为，文章既是自叙，当以叙述个人的文学道路、文学见地为主。加一段论述同时代作家的文字，颇有横枝旁出之感。并且，那篇文章，每节文字都很简约，独有这一节文字如此繁衍，也不相称。这样一删，通篇的节奏，就更调和了。

（二）《谈爱书》。是一篇杂文。此稿投寄《人民日报·大地》。

文中有一节，说人的爱好，各有不同。在干校时，遇到一个有“抱粗腿”爱好的人，一见造反派就五体投地，甚至栽赃陷害他以前抱过、而今失势的人。又举一例，说在青岛养病时，遇到青年时教过的一位女生，常约自己到公园去看猴子。文约二百余字，被删除。

既是谈爱书，以上二爱，与书有何瓜葛？显然不伦不类。作者在写作时，可能别有寓意，局外人又何以得知？

（三）《还乡》。此篇系小说，投寄《羊城晚报·花地》。文中叙述某县城招待所，那位不怎么样的主任，可能是一位局长的夫人。原文局长的职称具体，编辑给改为“什么局长”。这一改动，使具体一变而为笼统，别人看了，也就不会往自己身上拉，感到不快了。

其他为我改正写错的字，用错的标点，就不一一记述了。

（四）《玉华婶》。此篇亦系小说，投寄《文汇月刊》。文中曾记述：玉华婶年老了，她的儿媳们都不听她的话，敢于和她对骂。“并声称要杀老家伙的威风。”登出后，此句被删去。乍一看，觉得奇怪，再一想：这些年来，“老家伙”三字，常与“老干部”相连，编辑部删去，不过是怕引起误会。

这样说，好像编辑部有些神经过敏，过于谨小慎微了。其实不然。我认为：文艺领域就是个敏感的场所，当编辑的麻木不仁，还真担负不起这一重要职务。现在认真回想，我在写这一句话的时候，也未始没有从“老家伙”，联想到“老干部”，甚至联想到自己。编辑部把这一句话删去，虽稍损文义，我还是谅解其苦衷的。

（五）《吃饭的故事》。此篇系散文，投寄《光明日报·东风》。

登出后，字句略有删节。一处是：我叙述战争年代，到处吃派饭，“近于乞讨”。一处是：我叙述每到一村，为了吃饭方便，“先结识几位青年妇女”，并用了“秀色可餐”一词。前者比喻不当，后者语言不周密，有污染之嫌。

我青年时，初登文域，编辑与写作，即同时进行。深知创作之苦，也深知编辑职责之难负。不记得有别人对自己稿件稍加改动，即盛气凌人的狂妄举动。倒是曾经因为对自己作品的过度贬抑菲薄，引起过伙伴们的不满。现在年老力衰，对于文章，更是未敢自信。以为文章一事，不胫而走，印出以后，追悔甚难。自己多加修改，固是防过之一途，编辑把关，也是难得的匡助。文兴之来，物我俱忘，信笔抒怀，岂能免过？有时主观不符实际，有时愤懑限于私情，都会招致失误，自陷悔尤。有识之编者，与作者能文心相印，扬其长而避其短，出于爱护之诚，加以斧正，这是应该感谢的。当然，修改不同于妄改，那些出于私心，自以为是，肆意刁难，随意砍削他人文字的人，我还是有反感的。外界传言，我的文章，不能改动一字，不知起自何因。见此短文，或可稍有澄清。

一九八三年十二月十八日下午

实事求是与短文

现在，有的报刊，有的人，在提倡写短文章了，这是很好的事。

文章怎样才能写得又短又好？有时千言万语也说不清楚；有时说起来也很简单，这就是要“实事求是”。

把实事求是这四个字运用到写作上，正像把它运用到一切工作上，是会卓有成效的。

比如，你要写一篇散文，如果是记叙文，那就先写你亲身经历过的一件事，你长期接近过的一个人。如果是写感想，也必须写你深深体会过的，认真思考过的，对一种社会现象、一个人、或一个事件，确曾有过的真实感想。

这些事件、人物、感想，都在你的身上、心上，有过很深刻的印象。然后你如实地把它们写出来，这就是“实事”。

一般说，实事最有说服力，也最能感动人。但是只有实事还不够。在写作时，你还要考虑：怎样才能把这一实事，交代得清楚，写得完美，使人读起来有兴味，读过以后，会受到好的影响和教育，这就是“求是”。

我们在课堂上，所学的课文，都很短小。初学作文时，老师也是这样教导的，我们也是这样去写作的。可是等到我们想当作家、想投稿了，就去拜读报刊上那些流行文章。那些文章都很长，看起来云山雾罩，也很唬人。正赶上自己的稿件没有“出路”，就以为自己的写法不入时，不时兴，于是就放弃了自己原来所学，追赶起“时髦”来，也去写那种冗长的，浮浮泛泛的，不知所云的文章了。大家都这样写，就形成了一种文风，不易改变的文风，老是嚷嚷着要短，也终于短不下来的文风。

文章短不下来的主要原因，就是忘记了写作上的实事求是。我们提倡写短文，首先就要提倡这四个字。返璞归真，用崇实的精神写文章。

当然文章好坏，并不单看长短。如果不实事求是，长文也不会写好的。我们这里着重谈的，是如何写好短文。

一九八三年十二月廿四日

谈简要

唐代刘知几的《史通》，是我喜欢的古籍之一种。读过以后，确实受益。能够受益的书，并不是很多的。

这部书主要是谈历史著作，刘知几说：“夫国史之美者，以叙事为工；而叙事之工者，以简要为主。”

刘知几说，叙事可以有四种方法，也可以说是四种途径：“盖叙事之体，其别有四：有直纪其才行者，有唯书其事迹者，有因言语而可知者，有假赞论而自见者。”

他的这些话，是对写历史的人说的，他的要求是：一个内容，用一种途径表达过了，就不要再用其他的途径重复表达了。

我们写文章却常常忽视这一点。比如写一个人物，他的事迹，在叙述中已经谈过了，在对话中又重复一次，或者在抒情中又重复一次，即使语言稍有变化，但仍然是浪费。

时代不同，我们现在当然不能再用《尚书》、《春秋》那样的文字去叙事，勉强那样去做，那倒是一种滑稽的事，是一种倒退。在语言的简练上，也不能像刘知几要求的那样严格，他说：

“始自两汉，迄乎三国，国史之文，日伤烦富。逮晋以降，流宕逾远。寻其冗句，摘其烦词，一行之间，必谬增数字；尺纸之内，恒虚费数行。”

他甚至举出《汉书·张苍传》中的一句话，“年老口中无齿”为例，说：“盖于此一句之内，去年及口中可矣。夫此六文成句，而三字妄加，此为烦字也。”这种挑剔，就有些不近情理了，不足为训。

文字的简练朴实，是文学作品的一种美的素质，不是文学作品的一种形式。文章短，句子短，字数少，不一定就是简朴。任何艺术，都要求朴素的美，原始的美，单纯的美。这是指艺术内在力量的表现手段，不是单单指的形式。凡是伟大的艺术家，都有他创作上的质朴的特点，但表现的形式并不相同。班马著史，叙事各有简要之功；韩柳为文，辞句各有质朴之美。因此才形成不同的风格。

文字的简要的形成，要有师承，要有一个学习的过程和锻炼的过程。一般地说，人越到晚年，他的文字越趋简朴，这不只与文字修养有关，也与把握现实、洞察世情有关。

我们现在，能按照鲁迅先生说的，写好文章以后，多看两遍，尽量把可有可无的字、句、段删除，也就可以了，不能苛求，不能以词害义。

一九八四年三月二十日

谈“印象记”

“印象记”这种文章，在中国，好像并不是古已有之的。“五四”前后，很少见到。三十年代才多起来，似乎是从日本传过来，又多是写作家的。我年轻时，就读过《高尔基印象记》、《秋田雨雀印象记》，等等。

青年人而又喜欢上了文学，就特别喜欢读一些有关作家的文字。其实有很多记述，是不大可靠的。因为是先入为主，如果不实，其受害的程度，很可能不轻。先不谈小报上那些名人逸事，文坛花絮之类的文章，就是在“印象记”这种貌似庄严又是身临亲见的记载里，可靠可信的东西，究竟有多少，我近来也有些怀疑了。

文章的可信与不可信，常常不在所写的对象如何，而在于作者本身的修养。

我们知道，每一个人，他的生活经历、生活现状，特别是思想感情的活动，是很复杂，很曲折，多变化，有时是难以捉摸，更难以判断的。你去会见一个作家，和他谈了一两个小时，便写下了几千字的印象记，你所得的印象，都能那么切合他的生活实际和思想实际吗？

比如说，你见到这位作家正在吃饭，桌上只有一碟咸菜，你就得到了生活简朴的印象。或者你去的时候，他正在啃着一只猪蹄，你就得到了一个饕餮的印象。这显然都不是这位作家吃饭的全貌。

一时一地的见闻，并非不能写。写下来，也不能说是不真实。但必须保持客观。写见到他吃咸菜，写见到他啃猪蹄，这都不可非议，因为是真实的见闻。如果就此得出结论：他是简朴，或是饕餮，那就失去真实了。

古往今来，写文章的人，最容易失败在主观判断上。

进入晚年，有幸看到一些关于我的印象记。作者的用心，都是良好的，对我都是热情的。虽然因为有过多溢美之词，使我读起来，常常惭怍交加，汗流浃背，总的说来，是令人振奋的，值得感激的。

如果排除个人的感情，单单评论文字，这些文章，确也存在着高下、虚实等等问题。

文章的功能，是因人而异的。是以作者的写作态度、艺术风格，分别优劣高低的。

六十年代，吕剑同志写过一篇同我的会见记，这篇文章，我曾推荐给出版社，作为我的一本小说集的附录。外文出版社曾几次刊用它。我对这篇文章，印象很好，它并没有吹嘘我，也没有发表作者本人的什么高见。它只是如实地记下了我们的那一次简单的会见，和我当时对他说的一些话。我当时谈的只是我的创作见解和创作情况。吕剑同志也没有代替我多去发挥。因此，这篇文章，是一篇真实的记录，对需要它的人，有比较大的参考用途。

另外，就是昨天读到的，铁凝同志写的一篇题名《套袖》的散文。她这篇文章，我接到《文汇报》以后，当晚看了两遍。这并非是从中看到了她对我的什么捧场，而是看到了她的从事创作的赤诚之心。铁凝的创作，一开始就带有这种赤诚，因此，她进步很快，迅速成为文坛瞩目的新人物，有些人还不得其解，视为神秘，其实就是因为“赤诚”两个字。我想，她是应该明了并珍惜自己的得天独厚之处的。

在文章中，她并没有说我好，当然也没有说我不好。她只是记下了几次来我家的所闻所见。虽然她见到的，有时还有些差错，比如，我捡的黄豆，是别人家晾晒时遗落的，并非同院人家种植的。这也无关重要，无伤大体。

客观地记下几次见闻，自己不下任何主观结论，叫读者从中形成自己的印象。这种写法，也可以说这种艺术手段，就必然比那种大惊小怪，急于赞美，并有意无意中显示点自己的什么写法，高出一等。

我读这种文章，内心是愉快的，也是明净的，就像观望清泉飞瀑一样。

一九八四年三月二日下午

文学与乡土

《农村青年》杂志就要创刊，编辑同志要我对农村爱好文学的青年讲几句话，我高兴地答应了。

我是在农村长大的，先后在农村生活、工作，近三十年。我很爱我的故乡，虽然它经历了长期的苦难和贫困，交通不便和文化落后。经历了频繁的战乱和天灾，无数农民流离失所。但我一直热爱它，留恋它，怀念它。直到现在，我已经很老了，还经常不断地做梦，在它那里流连忘返。

古今中外，都有许多作家，许多作品，描述他们的可爱的故乡。

农村是个神秘的，无所不包容，无所不能创造的天地。农村能产生桑麻，能产生五谷，能产生各种能工巧匠，当然也能产生艺术家、作家。

故乡，故乡的水土，故乡的风俗人情，在它产生的作家手中再现。

故乡，用母亲的乳汁，养育着它的歌手，像用它的水土培育禾苗树木一样。

故乡有遍地花开，有参天大树。谁对它的爱真诚、深厚，谁的根就扎得深，就越能吸到更多的乳汁。谁的发育也就会越好，长得高大茂盛。

俗话说："热土难离"。故乡就是文学的热土。

你越是热爱它，你就越能了解它，你就越能表现它。

故乡像诚朴的农民一样，像勤劳的母亲一样，不喜欢三心二意的，华而不实的孩子。

你如果爱好文学，你就得先热爱你的乡土。

当然，热爱乡土，熟悉乡土，还只是积累生活的过程。此外，还有积累知识的过程，熟练技巧的过程。

不能把你的眼光，只放在那一亩三分地上；也不能把你的感情，只放在孩子、老婆、热炕头上。

有些农民出身的作家，作品得不到长足的进步，就常常是因为眼光短小了一些。

一九八四年三月十七日午后

谈赠书

青年时，每出一本书，我总是郑重其事，签名赠给朋友们，同事们，师长们。这是青年时的一种兴致，一种想法，一种情谊。后来我病了，无书可赠，经过“文化大革命”，这种赠书的习惯，几乎断绝。

这几年，我的书接连印了不少，我很少送人，除去出版社送我的二十本，我很少自己预定。我想：我所在地方的党政领导，文化界名流，出版社早就送去了，我用不着再送，以免重复。朋友们都上了年岁，视力不佳，兴趣也不在这上面，就不必送了。我的书大都是旧作，他们过去看过，新写的文章，没有深意，他们也不会去看的。

当然也有例外。近些年来有的同志，把书看成一种货物，一种交换品，或者说是流通品。我有一位老战友，从外地调到本市，正赶上《白洋淀纪事》重印出版。他先告诉我，给他在北京的小姨子寄一本，我照地址寄去了。他要我再送他一本，他住招待所，他把书送给了服务员。他再要一本，我又在书上签了名。他拿着书到街上去了。年纪大了尿频，他想找个地方小便。正好路过我所在的机关，他把书交给传达室说："我刚从某某那里出来，他还送我一本书哩。你们的厕所在什么地方？"

等他小解出来，也不再要那本书，扬长走去了。

传达室问："书哩？"

"你们看吧！"他摆摆手。他是想用这本书拉上关系，永远打开这座方便之门。

老战友直言不讳告诉我这些事。我作何感想？再赠他书，当然就有些戒心了，但是没有办法。他消息灵通，态度执著，每逢我出了书，还是有他的份。至于他怎样去处理，只好不闻不问。

这些年，素不相识的人，写信来要书的也不少。一般的，我是分别对待。对于那些先引证鲁迅如何在书店送书给青年等等范例的人，暂时不送。非其人而责以其人之事，不为也。对于那些先对我进行一大段吹捧，然后要书的人，暂时也不送。我有时看出：他这样的信，不只发向我一人。对于用很大篇幅，很多细节描述自己如何穷困，像写小说一样的人，也暂时不送。我想，他何不把这些心思，这些力量，用去写自己的作品？

我不是一个慷慨的人，是一个吝啬的人；不是一个多情的人，是一个薄情的人。

但是，对于那些也是素不相识，信上也没有向我要书，只是看到他们的信写得清楚，写得真挚；寄来的稿子，虽然不一定能够发表，但下了功夫，用了苦心的青年人，我总是主动地寄一本书去。

按照他们的程度，他们的爱好，或是一本小说，或是一本散文，或是一本文论。如果说，这些年，我也赠过一些书，大部分就是送给这些人了。我觉得这样赠书，才能书得其所，才能使书发挥它的作用，得到重视和爱护。

我是穷学生出身，后又当薪给微薄的村塾教师，爱书爱了一辈子。积累的经验是：只有用自己劳动所得买来的书，才最知爱惜，对自己也最有用。公家发给的书，别处来的材料，就差一些。

鲁迅把别人送给他的书，单独放在一个书柜里。自己印子书，郑重地分赠学生和故交，这是先贤的古道。我虽然把别人送我的书，也单独放在一个书架上，却是开放的，孩子们和青年朋友们，可以随便翻阅，也可以拿走，去古道就很远了。

许寿裳和鲁迅是至交。鲁迅生前有新著作，总是送他一本的。鲁迅逝世之后，许寿裳向许广平要一本鲁迅的书，总是按价付款。这时许广平的生活，已经远不如鲁迅生前。这也是一种古道。

四川出版了我的小说选，那里的编辑同志，除赠书二十册外，又热情地代我买了五十册。我收到这些书以后，想到机关同组的同志，共事多年，应该每人送一本。书送去以后，竟争相传言：某某在发书，你快去领吧！

像那些年发材料一样热闹，使我非常败兴，就再也不愿做这种傻事了。

一九八四年十月二十二日

谈通俗文学

目前，通俗文学大兴，谈论通俗文学的文章，也多起来了，这是一个新势头。

按说，通俗，应该是一切文学作品的本质，不可缺少的属性。不知从什么时候起，文学作品被分为通俗的与不通俗的了。

关于文学的起源有种种说法。最初的文学是口头文学，这是没有争议的。既是口头文学，它的产生和后来的文字记录，都不存在通俗不通俗的问题。

中国的口头文学，包括说唱文学，从产生以后，一直持续下来，并没有中断过。文学史上说，“说话”这一形式，唐代已有，至宋而大兴，不过是就已有的文字记载而言。古人既然把小说，说成是街谈巷议，那就随时随地，都可以产生小说，而且都是通俗的作品。

口头文学，是通俗文学的最初的形式，也是最基本的形式，包括后来的“话本”和“拟话本”章回小说和演义小说。

口头文学虽然有天然的通俗秉赋，但并不是每篇作品都可以成功。有很多口头文学，随生随灭，行之不远。只有少数，记录为文字，才得以流传。宋人话本小说，最为著称。现存的七个短篇，几乎不用修饰润色，就已经是完整的文学作品。

有的最初流传的文字粗糙，经后来的大作家重新编写，成为新的通俗文学。如在《三国志平话》基础上，写出的《三国演义》；在《三藏取经诗话》基础上，写出的《西游记》；在《宣和遗事》基础上，渐渐演变成的《水浒》等等。这些作品的文学水平，大大超越了它的口头阶段，它的通俗的效用，也大大增强，大大推广了。

口头文学向文字创作的这一演变，成为每一个民族文学遗产形成和积累的规律。

典雅的唐人传奇小说，有的也是根据口头文学改写而成。白行简的《李娃传》，就是根据作者幼年听来的故事，写出来的。口头文学，一变而为古文传奇，可以说是从通俗变得不通俗了。但是，经过这一创作，才使这一题材流传千古。而最初的口头故事，早已失传。其“通俗”的范围，也可以说是加大了。当然因改编者才力不等，失败之作也不少。文学规律千变万化，不能刻舟求剑。

自宋迄清，通俗小说甚多，据专家著录，小说名目，有八百余种，还都是有过刻本的。流传下来的，却非常寥寥。我幼年时，在乡村庙会所见，书摊陈列的石印劣纸小字通俗小说，包括供说唱用的小说，也不过十几种。后来进入城市，在学校图书馆或书市所见，通俗小说的种类也很少。可见所谓通俗小说，大多数寿命很短，以后就消亡了。

考其原因，这些作品，出自两途：一为说书艺人，艺人胆大，兴到之处，时有发挥；一为失意文士，泥于史实，囿于理教，所作多酸腐。这两种人，多数学识浅薄，文字修养薄弱。其写作的目的，只是为了糊口，度过一时的生活困难。虽极力迎合群众的低级趣味，因为实在缺乏文学吸引力，不能受到欢迎。

其次，旧社会读书识字的人很少，花钱买书的人就更少。有能力读书并有钱买书的人，对书籍还要选择一下。不识字的人，即使写得多么通俗，也还要借助说讲演唱。如果写得干燥无味，艺人们也不会选用。

通俗小说，过去也被称做闲书，是为了叫人消愁解闷的。消愁解闷，也需要一定的艺术手段。人世间，不会有真正的闲书，正如没有真正的净土一样。真正的闲书，是没有人看的，也不会存在。

通俗文学，是一种文学，它标榜的是：“话须通俗方传远，语必关风始动人。”在艺术上，也是不厌其高，只厌其低的。《三国演义》、《水浒》，都是通俗文学，也被公认是民族文学的高峰。任何艺术，都需要通俗，都需要雅俗共赏。通俗文学，不应该是文学作品的自贬身价的口实。

每个时代，都有远见卓识的文人，为文学的通俗而努力。在理论和创作实践上，都有过重大的贡献，许多作家的文集，都编入他们所写的通俗作品。在政治变革时期，通俗文学尤其为人重视。例如清朝末年，梁启超的文学主张，以及他所写的政治小说。

“五四”新文学，实际是文学总体上的一次通俗运动。左联时期，推动了文学的大众化。“九一八”事变以后，瞿秋白同志写了很多通俗文学作品，抗日战争时期，解放区的文学，在通俗方面作了极大的努力，成绩也很可观。

“五四”以后，传统的通俗文学，并不兴旺。“五四”新文学运动，文学语言解放了，大大消除了通俗不通俗的界限。但在创作方法上有些欧化，提倡的是现实主义，内容上是启蒙主义。所有封建迷信，神秘怪诞，才子佳人，武侠剑客，都在排斥之列。通俗小说的市场很小，只有大城市的一些商业小报，连载一些章回体小说，一些新兴的书店，很少出版陈列这类作品。革命的文艺读物，几乎拥有了全部青年。

无论是梁启超，还是瞿秋白写的通俗文学作品，在当时的作用和后来的影响，都是很有限的。它们既为知识分子层所忽略，也不为广大群众所欣赏。这有几方面的原因；一是作者把这种形式，当成是一种纯政治的宣传。二是把通俗与不通俗，看成是单纯形式上的问题。三是对群众的理解和欣赏能力，估计太低。基于以上认识，使他们创造出来的通俗文学作品，常常流于粗糙概念，缺乏艺术的感染力量。

目前通俗文学作品的突起，有它历史的特殊遭遇。这是十年动乱，文化传统濒于破产，和长期以来思想禁锢的结果。是对过去的一种反动，是一个回流。目前的通俗文学的特点，不在于形式上的仿古，而在于内容的陈旧，还谈不上什么新的内容和新的创造，它只是把前一个时期不许启动的食品橱门，突然打开了而已。这一开放，可能使各式各样的政治概念化的作品受到冲击，但如果说，它会冲垮传统的现实主义文学，那就是过分夸大了。随着人民群众文化修养的提高，现有的通俗文学，自然要受到历史的检验。因为对文学艺术的鉴赏能力，是和文化修养，甚至也和道德伦理修养，一同向前，一同向上的。

它对出版事业的影响，也是如此。不从长远的文化教育利益着眼，只为了一时赚钱，解除不了出版事业的困境。鲁迅记述：三十年代，上海有个“美的书店”，它不只编印《性史》，而且预告要出一本研究女人的“第三种水”的书，其售货员都是雇用的时髦女郎，里里外外，号召力和刺激性都够大的了。然而没有很久就倒闭了，并没有赚了多少钱。能赚钱并能促进国民文化教育的，还是不出下流书籍的商务印书馆、中华书局和开明书店。目前有些出版社赔钱，是管理制度上的问题，并不是出什么书的问题。

文学现象，自然是社会现象、社会意识的一种反映。目前通俗文学的流行，与时代思潮模糊密切相关。它与现实主义文学的分别，不在于它提供的形式，而在于它提供的内容。这与其说是文学上的一次顿挫，不如说是哲学上的一次顿挫。然而现象变幻的结果，必然是曲终奏雅，重归于正的。

一九八四年十一月三十日

谈鼓吹

按照昭明太子的说法，文章重要的一体，为歌颂。“颂者，所以游扬德业，褒赞成功。”因此，如果文章做得确实好，再得到评论界的颂扬鼓吹，也是顺理成章的事儿。

鼓吹，并不是坏名词。它本身就是一种艺术。我有一部文明书局石印的小书，就名为《唐诗鼓吹》。可见，在过去，无论是选家，还是评论家，都不忌讳这个词儿。

我也不能说，自己没有充当过鼓吹手，充当这种脚色，也不能说仅是一次两次。

既然做得多了，也就总结出一些经验教训，愿与从事鼓吹的同志们商讨。主要有以下三点：

一、对青年，初学写作者，鼓吹较多，对名家鼓吹较少。对青年，初学写作者，已经步上名家高台的，也就不去鼓吹了。

理由：凡是青年，初学写作者，还都处在步履艰难阶段。扶他一把，哪怕是轻轻的一把，他也很容易动感情，会有知己之感。就是批评他两句，指出他一些缺点，他也是高兴的。如果他平步青云，成了红人，评论者蜂拥而上，包围得风雨不透，就不要再去沾边，最好退下来，再去寻找新的青年，新的初学写作者。因为此时此地，对他来说，过去那种鼓吹法，已经不顶事。他需要的是步步高的调门，至于谈缺点，讲不足，那就更是不识时务了。

二、对于名家，特别是兼有某种“官衔”、某种地位的名家，无论他来信表示多么谦逊，也不要轻易去评论人家的作品。每逢大考之期，即评奖举行之时，也不要对竞争中的作品，轻易发言。

这倒不是出于什么害怕名家，或其他心理。是因为：如果你提出的意见，只是人云亦云的，那对双方都是浪费；如果你提出与众不同、甚至相反的看法，名家是很不习惯接受的；如果确实看到了艺术上成功的要点或失败的要害，估计这一位名家，也能有为之折服的涵养，还要考虑到他的周围那些抬轿子的职业家。再说，指出要点，为人折服，谈何容易？有那种眼力和修养吗？人贵有自知之明，最妥当的办法，还是不要去碰。

三、对于老朋友，其中包括原来是初学写作者，也曾鼓吹过，现在已经到了中年，文坛之上，小有地位，如果又有新作，看过，觉得好，也可以再为鼓吹。但也只限一两次，不可多为。

总之，鼓吹不可废。文学之有鼓吹，正如戏曲之有捧场。但鼓吹也是要有立场，要有分寸的。前不久，读了一本洪宪时期的笔记，上记名士易实甫，在剧场捧坤角时，埋首裤裆，高举双臂，鼓掌不息。口中还不断胡言乱语，甚至亲妈亲娘地喊叫。如果所记是实，这种捧场，就未免过分了些，有失体统了。

一九八五年六月十三日

官浮于文

最近收到某县一个文艺社办的四开小报，在两面报缝中间，接连刊载着这一文艺社和它所办刊物的人事名单。文艺社设顾问九人(国内名流或其上级人员)、名誉社长一人，副社长八人、秘书长一人、副秘书长二人。此外还有理事会：理事长一人、副理事长七人、常务理事十人、理事二十一人，并附言；“本届保留三名理事名额，根据情况，经理事会研究，报文艺社批准。”这就是说，理事实际将升为二十四人。

以上是文艺社的组成。所办小报（月报）则设：主编一人、副主编七人、编委十四人。现在是六月份，收到的刊物是一九八五年第一期，实际是不定期了。看了一下，质量平平。

一个县根据情况，成立一个文艺社或几个文艺社，联络感情，交流心得，都是应该的，必不可少的。这样大而重叠的组织机构，却有些令人吃惊，也可能是少见多怪。文艺团体变为官场，已非一朝一夕之事，而越嚷改革，官场气越大，却令人不解。如某大刊物，用整个封二版面，大字刊登编委名单，就使人有声势赫然类似委任状之感。

这个文艺社，不知有多少社员，据介绍它的第二次社员代表大会，出席者九十余人。一个县的文艺社开会，为什么不让全体社员参加，还要开代表会？这里先不去谈。一个代表，代表几名会员，也难以测知。就算代表三个吧，二百七十名会员的文艺社，用得着由六十三个人组成的领导班子吗？四开不定期小报，用得着二十二个人组成的编委会吗？

据介绍，代表大会期间，有报告、有章程，有规划，有决议，有慰问信。这都是开大会的常规。作为一个文艺社，读书和创作方面的措施，都没有具体的介绍。

目前文艺界开会，对创作讨论少，对人事费心多，这已经不是个别地方的事，因此不能责怪下面。在大会之上．作家们不是在作品上共研讨，而是在选票上争多少。一旦当选，便认为与众不同，一日票多，则更认为民心所向。果如是乎？而且很多人去争，弄得一些老实人，也坐不住，跟着上。不只形成一种奇异心理，而且造成一种市场现象，这能说是新时代文艺界的幸事吗？

平日闲谈之间，也曾问过一位明达事理，对官场、文场也都熟悉的同志：

“争一个主席、副主席，一个理事，甚至一个会员代表，一个专业作家，究竟有什么好处？人们弄得如此眼红心热呢？”

这个同志答道：

“你不去争，自有你不争的道理和原因，至于你为什么没有尝到其中的甜头，这里先不谈。现在只谈争的必要。你不要把文艺官儿，如主席、主任之类，只看成是个名，它是名实相副，甚至实大于名。官一到手，实惠也就到手，而且常常出乎一般人预料之外。过去，你中个进士，也不过放你个七品县令，俸禄而已。现在的实惠，则包括种种。实惠以外，还有影响。比如，你没有个官衔，就是日常小事，你也不好应付，就不用说社会上以及国内国外的影响了。”

和我谈话的同志，原来在一个协会当秘书长，我劝他退下来专心创作，听了他的一番话之后，我也同意他再弄个官儿干几年，结果他又去当了什么研究会的会长。

文艺和官，连在一起，好像不调和，其实，古已有之，即翰林学士之类。不过没有现在这么多罢了。其俸禄，仍由吏部掌管，像现在的文艺社，协会等等，过去也有类似之团体，但其开支，都是自筹的，今天机构之所以越来越庞大，竞争越来越激烈，是因为这些文艺团体，实际上已经与官场衙门，没有多少区别了。此亦谈文艺改革者，所当考虑者乎？

一九八五年六月十五日

诗外功夫

在报刊上，常看到文艺界一些模范事迹。如某作家，在公共汽车上降服了惯匪流氓；某编辑一手接过业余作者的稿件，一手送给他二百元零花，并在修改稿件期间，给作者炖小鸡，送水果；某诗人代人打了一场难打的官司，居然打赢了等等。都感到这些同志形象高大，所作所为，近于侠义。

好在前两项没人要求我去做。第一，自己年老、体弱、多病，看见流氓，避之唯恐不及，当然谈不上与之交手对抗。第二，负责看看稿子，有时还可以做到，经济上的无微不至的照顾，是有些不方便了。第三项，却有人找到名下来。信上说，某某作家替人打赢了官司，你也替我打打吧。复印来的材料，我都看不清楚，这使我很为难。我从来没有打过官司，自幼母亲教育我：饿死不做贼，屈死不告状。我一直记着这两句话。自己一生，就是目前，也不能说没有冤苦，但从来没有想到过告状，打官司。此事也难以向来信者说清楚，只好置之，我想他还会去找那一位能打赢官司的诗人的，能者多劳吧。不久见他登报声明，招架不住了。

人的能力、志趣、爱好，确是各有不同，不能求全责备的。作家而兼勇士，编辑而兼义侠，诗人而擅诉讼，这都是令人羡慕的。但恐怕不是人人能做到的。即如编辑，月薪六十元，一见面就掏出二百，没有点存项，就做不到。认真处理稿子，善始善终，也就可以说是恪尽厥职了。君任其难者，我从其易者。

在中国，人多，事情也多，目前，个人从事一份慈善事业，恐怕也不能持久。一个作家，在汽车上如果连续两次捉拿强盗，管保不久就有人把你聘请为治保员。一个编辑，如果对每个业余作者，都包办生活费用，他的办公桌上，稿件将积压成山，有多少存款，也得宣告破产。诗人继续替人打官司，只能改业律师。

有些事情，作为新鲜例子，宣传宣传，固无不可，大家都仿效起来，有时就行不通。因为这并不是从根本上解决问题的途径。

这就像某纱厂的女浴室，不断受到流氓的侵扰，厂方不出动保卫人员，却鼓励退休的老太太们去护卫少女，只能助长流氓们的嚣张。

有很多事，本职者不去干，甚至逃避，却宣传非本职者去干，于是有了很多业余的模范，有了更多的本职懒汉。其实不足为训。

比如说小报，这本是宣传文化部门应该注意，应该管的事。社会上已经议论纷纷，这些部门却按兵不动，等候上边的精神气候。只凭社会舆论，能把小报压下去？等到不可开交，才去处理，事情已经晚了半月。

左啦，右啦，争来争去，实在没有意思。现在也没有多少人，相信这个。必须像广州一样，从不法商店里拉出那些录音录像，公之于众，然后才相信确有精神污染。当然在有些人看来，这种做法就更是极左了。

一九八五年六月二十三日改讫

听朗诵

一九八五年，九月十五日晚间，收音机里，一位教师正在朗诵《为了忘却的纪念》。

这篇散文，是我青年时最喜爱的。每次阅读，都忍不住热泪盈眶。在战争年代，我还屡次抄录、油印，给学生讲解，自己也能背诵如流。

现在，在这空旷寂静的房间里，在昏暗孤独的灯光下，我坐下来，虔诚地、默默地听着。我的心情变得很复杂，很不安定，眼里也没有了泪水。

五十年过去了。现实和文学，都有很大的变化。我自己，经历各种创伤，感情也迟钝了。五位青年作家的事迹，已成历史，鲁迅的这篇文章，也很久没有读，只是偶然听到。

革命的青年作家群，奔走街头，振臂高呼，终于为革命文学而牺牲。这些情景，这些声音，对当前的文坛来说，是过去了很久，也很远了。

是的，任何历史，即使是血写的历史，经过时间的冲刷，在记忆中，也会渐渐褪色，失去光泽。作为文物陈列的，古代的佛教信徒，用血写的经卷，就是这样。关于仁人志士的记载，或仁人志士的遗言，在当时和以后，对人们心灵的感动，其深浅程度，总会有不同吧？他们的呼声，在当时，是一个时代的呼声，他们心的跳动，紧紧接连着时代的脉搏。他们的言行，在当时，就是群众的瞩望，他们的不幸，会引起全体人民的悲痛。时过境迁，情随事变，就很难要求后来的人，也有同样的感情。

时间无情，时间淘洗。时间沉淀，时间反复。历史不断变化，作家的爱好，作家的追求，也在不断变化。抚今思昔，登临凭吊的人，虽络绎不绝，究竟是少数。有些纪念文章，也是偶然的感喟，一时之兴怀。

世事虽然多变，人类并不因此就废弃文学，历史仍赖文字以传递。三皇五帝之迹，先秦两汉之事，均赖历史家、文学家记录，才得永久流传。如果没有文字，只凭口碑，多么重大的事件，不上百年，也就记忆不清了，文字所利用的工具也奇怪，竹木纸帛，遇上好条件，竟能千年不坏，比金石寿命还长。

能不能流传，不只看写的是谁，还要看是谁来写。秦汉之际，楚汉之争，写这个题材的人，当时不下百家。一到司马迁笔下，那些人和事，才活了起来，脍炙人口，永远流传。别家的书，却逐渐失落，亡佚。

白莽柔石，在当时，并无赫赫之名，事迹亦不彰著。鲁迅也只是记了私人的交往，朋友之间的道义，都是细节，都是琐事。对他们的革命事迹，或避而未谈，或谈得很简略。然而这篇充满血泪的文字，将使这几位青年作家，长期跃然纸上。他们的形象，鲁迅对他们的真诚而博大的感情，将永远鲜明地印在凭吊者的心中。

想到这里，我的心又平静了下来，清澈了下来。

文章与道义共存。文字可泯，道义不泯。而只要道义存在，鲁迅的文章，就会不朽。

一九八五年九月二十一日晨改抄讫

谈死

国庆节，帮忙的人休息，儿子来给我做饭，饭后我和他闲谈。

我说：你看，近来有很多老人，都相继倒了下去。老年人，谁也不知道，会突然发生什么变故。我身体还算不错，这是意外收获。但是，也应该有个思想准备。我没有别的，就是眼前这些书，还有几张名人字画。这都是进城以后，稿费所得，现在不会有人说是剥削来的了。书，大大小小，有十个书柜，我编了一个草目。

书，这种东西，历来的规律是：喜欢它的人不在了，后代人就把它处理掉。如果后代并不用它，它就是闲物，而且很占地方。你只有两间小房，无论如何，是装不下的。我的书，没有多少珍本，普通版本多。当时买来，是为了读，不是为了买古董，以后赚钱。现在卖出去，也不会得到多少钱。这些书，我都用过，整理过，都包有书皮，上面还有我胡乱写上的一些字迹，卖出去不好。最好是捐献给一个地方，不要糟蹋了。

当然捐献出去，也不一定就保证不糟蹋，得到利用。一些图书馆，并不好好管理别人因珍惜而捐献给他们的书。可以问问北京的文学馆，如果他们要，可能会保存得好些。但他们是有规格的，不一定每个作家用过的书，都被收存。

字画也是这样。不要听吴昌硕多少钱一张，齐白石又多少钱一张，那是卖给香港和外国人的价。国家收购，价钱也有限。另外，我也就只有几张，算得上文物，都放在里屋靠西墙的大玻璃柜中，画目附在书籍草目之后，连同书一块送去好了。

儿子默默地听着，一句话也没有说。大节日，这样的谈话，也不好再继续下去，我也就结束了自己的唠叨。儿子对一些问题，会有自己的想法。我的话，只能供他参考。我死后，他也会自做主张，他已经是四十多岁的人了。

我有些话，是不愿也不忍和他说的。比如近来读到的，白居易的两句诗："所营惟第宅，所务在追游"，在我心中引起的愤慨。还有，前些日子，一位老同志晚间来访，谈到一些往事，最后，他激动地拍着两手，对我说："看看吧，我们的手上，没有沾着同志们的血和泪！"在我心中引起的伤痛，就不便和孩子们讲。就是说了，孩子们也不会了解我们这一代人的心情的。

其实，生前谈身后的事，已是多余。侈谈书画，这些云烟末节，更近于无聊。这证明我并不是一个超脱的人，而是一个庸俗的人。曾子一生好反省，临死还说："启吾手，启吾足。"他只能当圣人或圣人的高足，是不会有什么作为的。历代的英雄豪杰，当代的风流人物，是不会反省的。不只所做所为，他一生中说过什么话，和写过什么文章也早已忘记得干干净净了。

王羲之说：“死生亦大矣。”所以他常服用五石散，希望延长寿命，结果促短了寿命。苏东坡一生达观，死前也感到恐怖。僧人叫他向往西方极乐世界，他回答说实在没有着力处。总之，生，母子虽经过痛苦，仍是一种大的欢乐；而死，不管你怎样说，终归是一件使人不愉快的事。

在大难之前，置生死于度外，这样的仁人志士，在中国，历代多有。在近代史上，瞿秋白同志，就义前的从容不苟，是最使后人凛凛的了。毕命之令下，还能把一首诗写完。刑场之上谈笑自若。这都是当时《大公报》的记载，毫无私见，十分客观。而“四人帮”的走狗们，妄图把他比作太平天国的李秀成，不知是何居心。这些虫豸，如果不把一切人一切事物，都贬低，都除掉，他们的丑恶形象是显现不出地表的。而一旦暴露在光天化日之下，他们又迅速灭亡了。这是另一种人、另一种心理的死亡。他们的身上和手上，沾满和浸透了人民的和革命者的血和泪。

一九八五年十月十八日

谈“补遗”

三十年代初，我在北平流浪，衣食常常不继，别的东西买不起，每天晚上，总好到东安市场书摊逛逛。那时郑振铎主编的《世界文库》，正在连载洁本《金瓶梅》，不久中央书局出版了这本书。很快在小书摊上，就出现了一本薄薄的小书。封面上画了一只金瓶，瓶中插一枝红梅，标题为《补遗》二字。谁也可以想到，这是投机商人，把洁本删掉的文字，辑录成册，借以牟利。

但在当时，确实没有见到多少青年人，购买或翻阅这本小书。至于我，不是假撇清，连想也没想去买它。

在小册子旁边，放着鲁迅的书，和他编的《译文》，也放着马克思和高尔基的照片。我倒是常花两角钱买一本《译文》，带回公寓去看。我也想过：《补遗》的定价，一定很昂贵。

今年夏天，我买了一部人民文学出版社出版的《金瓶梅》，写了一篇读书笔记发表。有一天，一位老工人作家来看我，谈到了这部书。他说；

“我也买到一部。亲戚朋友，都找我借看，弄得我很为难。借也不合适，不借也不合适。过去，我有一本‘补遗’……”

“啊!”我吃了一惊，“你在哪里买的，价钱很贵吧?”

“一两角钱。解放前在天津，随便哪个书摊上，都可以买到。”他说。

“那你买的一定是翻版，我在北平见到的，定价很高。”我不知为什么，谈的很认真。

“这种书，还有什么原版翻版?”他笑了笑说，“小小一本携带方便。我读了好多遍，甚至可以背过。我还借给几个青年作家看过。现在大家买了洁本，如果有我那本小书，打印几份，分赠有这部书的同志，大家一定高兴。”

“嗐!”我笑着说，“你那不是精神污染吗?”

“什么污染不污染，不是为了叫大家读读全文吗?”他说，“可惜我这本小书没有了。‘文化大革命’，我把它烧了。我怕人家说，工人作家读这样的书!”

这位工人作家，写了一辈子四平八稳的文章，小说中除去夫妻互相鼓励当模范，从来没有写过男女间的私情。“文化大革命”，因为出身工人阶级，平日又不得罪人，两派都说得来，两派出的造反小报他一块拿着去代卖。也就平平安安过来了。现在有好几个官衔在身，也可以说是功成名就，快乐安康。

使我吃惊的，不是他买了这一本书，是他竟能背过。无怪乎当代小说家，都说人的性格，是非常复杂的了。据人文洁本标明，共删去一万九千字，过去的洁本，删的就更多些。这个数字，可以和普式庚的小说《杜勃罗夫斯基》，梅里美的小说《卡尔曼》相当。如果他能背过这些书，他的小说，可能写得更开展一些吧。这是我的迂夫之想。他能背《补遗》，却也没有影响他的文字工作，没有影响他的生活作风，他是一个公认的规规矩矩的人。

解放这个城市时，我们接收一家报馆，在我的宿舍里，发现一本污秽小说，是旧人员仓促丢下的。好多日子不敢来取，后来看着我们的政策宽大，才来取走。他是个英文翻译，一身灰败之气的青年人。可见那时，读这种书的人是很多的。

读书的风气，究竟是社会风气的一个方面。是互为影响，互为作用的。夸大了不好，缩小了也不好。解放初期，思想领域，正气占上风，有绝对优势。有免疫功能。那位工人作家是在这种环境中成为作家，走上文学道路的。时代对他有制约，有局限。时代能引导青年，这是不能怀疑的。

一九八五年十月十八日下午

谈照像

自从五十年代，患病以后，我就很少照像，每逢照像，我总感到紧张，头也有些摇动。这都是摄影家的大忌。他们见到我那不高兴的样儿，总是说：

“你乐一乐！”

然而我乐不上来，有时是一脸苦笑，引得摄影家更不高兴了，甚至有的说：

“你这样，我没法给你照！”

“那就不要照了。”我高兴地离开座位。不欢而散。

当然，有的摄影家，也能体谅下情。他们不摆弄我，也不强求我笑，只是拿着机子，在一边等着，看到我从容的时候，就按一下。因此，这几年还是照了几张不错的照片。其中有毕东、张朝玺、于家祯的作品。

今年，来找我照像的，忽然多起来，比要我写稿的人还多。我心里是明白的，我老了，有今年没明年的，与朋友们合个影，留个纪念，是我应尽的义务。所以，凡是来照的，不管认识与否，年长年幼，我总是不惜色相，使人家满意而去。

但还是乐不上来。虽然乐不上来，也常常想：为人要识抬举，要通情达理。快死了，弄到这样，算是不错了。那些年，避之惟恐不及，还有人来给你照像，和你合影？

当然也不是一张没照过。有一次批斗大会，被斗者站立一排，都低头弯腰，我因为有病，被允许低头坐在地上。不知谁出的主意，把摄影记者叫了来，要给我们摄影留念。立着的还好办，到我面前，我想要坏。还好，摄影记者把机子放在地上，镜头朝上，一次完成任务。第二天见报，当然是造反小报，我的形象还很清楚。

一九五二年吧，中国作家协会召开大会。临结束那一天，通知到中南海照像。我虽然不愿在人多的场合照像，但这是不能不去的。记得穿过几个过道，到了一个空场。凳子都摆好了，我照例往后面跑。忽然有人喊：

“理事坐前面!”

我是个理事，只好回到前面坐下，旁边是田间同志。这时，有几位中央首长，已经说笑着来到面前，和一些作家打招呼。我因为谁也不认识，就低头坐在那里。忽然听到鼓起掌来，毛主席穿着黄色大衣，单独出来，却不奔我们这里，一直缓步向前走。走到一定的地方，一转身，正面对我们。人们鼓掌更热烈了。

我也没看清毛主席怎样落座，距离多远。只听田间小声说：

“你怎么一动也不动?”

我那时，真是紧张到了屏息呼吸，不敢仰视的地步。

人们安静下来，能转动的大照像机也摆布好了。天不作美，忽然飘起雪花来，像虽然照了，第二天却未能见报，大概没有照好吧。

一生只有这样一次机会，也没能弄到一张值得纪念的照片。

倒楣的照片能见报，光彩的照片不能见报。在照相一事上，历史总是和我开玩笑。

照像虽是个人的写真，然也只能看作浮光掠影。后之照，我为理事，坐于前排，前之照，则为黑帮，也坐于前排。都已经是过去的事了。

我青年时期的照片，经过战乱，都找不到了，亲朋故旧，都无存者。我很想得到一张那时的照片。那时的表情，一定是高兴的，有笑容的。

一九八六年四月四日、清明前一天

照相续谈

他们给我照像的时候，总是提议我拿起一本书，好像我时时刻刻都在学习。有的人，还叫我拿着一支香烟，好像这样更能表示我是个有灵感的人。时间长了，凡是来了有这种爱好的摄影家，我总是自动摆出这样的姿势，以致摄影家非常高兴，认为我是个很有经验的，懂得摄影艺术的行家里手。

近几年来，各种文艺刊物上，都大登作者的照片，全国性的刊物，有全国性的规格，地方性的刊物，有地方性的规格。有时干脆就把作者的照片，登在他的作品的前面，使你既能读到他的文章，又能领略作者的风采。一举两得，图文并茂。这些作者，多半是执卷攻读，或奋笔写作，手里拿着一支香烟，身后放着一个或几个书架。

我摹仿着这种姿势，适应着时代的认识结构。

有的刊物向我索用照片。好的照片，我是吝于寄出的。常寄一些我不喜欢的照片给他们。因为原照总是收不回来。这种办法，当然不太好，正像我外出旅行时，不愿穿像样的衣服一样。

因为别无所求，在刊物露过几次以后，我就不想再干这种事儿了。我觉得这有点像做广告。

青年时，在大城市的照像馆门前，常常见到督军、巡阅使的大幅照片，后来又常常见到名伶、明星的人幅照片。这些照片，说是宣传个人也可，说是代照像馆做宣传也可。

刊物如果同时安排几个作者的照片，是颇费心机的。谁高谁低，谁大谁小，谁前谁后，是有讲究的。在这一期，某人的官职高些，照片放得也就高些。下一期，此人官衔没有了，马上就会落了下来。

过去，在文艺界，是没有这么多讲究的。前些日子，我见到人权保障同盟的一张旧照片，宋庆龄、蔡元培、鲁迅、胡愈之，随便在那里一站就行了，很自然。

现在，如果是在名山胜地举行笔会，一群作家室外合影，就得有一个有政治头脑的人，认真安排一下。一般官衔高而得奖重者居中。主办单位的负责人，如出版社长、刊物主编次之。其中奖又分大奖、全国奖，地方奖。刊物有名牌不名牌之分。当我与人合影时，总怕站错了位置。僭越固然不好，充当站立两厢的角色又有些不甘。临阵非常局促。好在我不大出去，在自己庭院或自己房间里照，就随便得多，即使几个青年朋友，把我拥在上座，也就居之不疑了。

读了一部好作品，心里喜欢、仰慕，就想看看作家是个什么样儿，这是人之常情。古代没有照像，插图本的文学史上，却有很多作家的画像。屈原因为写过《天问》，所以披发昂首；司马迁因为遭过宫刑，所以没有胡须。谁也不会相信，当年的屈原、司马迁，就一定是这个容貌。但有一个像，总比没有好一些，读者心里总算有个影儿了。所以曹雪芹的一张假画像，还有人在那里争论不休。

感谢湖南人民出版社，送我一本《托尔斯泰文学书简》，这是一本很好的读物。其中有高尔基和托翁的通信。

高尔基在一封信中写道：

如果您有给别人像片的习惯的话，那就请您给我一张吧。我恳求您送给我一张。

托尔斯泰送给他一张签名的照片。并在一封信中写道：

阿克萨克夫讲过：有些人比自己的书好些（他说的是聪明些），也有些人比较差些。我喜欢您的创作，而我认为您比您的创作更好些。

这不是托尔斯泰只看了高尔基的照片，而是认真研究了高尔基的作品，并与他会面以后，作出的判断。

一九八六年四月十三日晚

关于编辑和投稿

编辑

作为编辑，他的工作对象就是稿件。编辑和投稿者——作者的关系，应该是文字之交，双方面关心的问题，应该是稿件，而不应该是其它。既办刊物，就需要稿件。因此，对于投寄来稿件，抱着一种欢迎的态度，这是很自然的事。既然投稿，就希望刊物采纳刊登，至少希望得到编辑的意见，求得长进，这也是很自然的事。

这种关系，前些年，叫“四人帮”给搅乱了。最初，以“工农兵占领文艺阵地”为旗号，一个刊物的编辑部，整天坐无虚席，烟雾弥漫，高谈阔论，门庭若市。加上不停的电话铃响，送往迎来的客气套话，编辑是没法坐下来安静看稿的。

来客所谈，并非尽是关于稿件的问题，或者，简单地谈几句稿件的问题，就转到了别的方面；如探听小道消息，市场情况，有什么新产品出售，或根据来客的职业，问编辑们要捎带什么物品等等。这样，编辑部里充满了交易所的气氛，美其名曰：开门办报，接近群众。

而且不断有商品出现在编辑部里面，有时是处理牙膏，有时是妇女头巾，有时是裤衩。都是由各行各业的作者带来，编辑们围上去，你挑我拣，由一人负责收款。每买一次货物，半天的时间，群情振奋，不能工作。

毋庸讳言，有些编辑同志，业务水平不能说是很高。参加工作不久的青年同志，除去加强政治学习，应急起直追地学习业务。编辑的业务学习，方面很广。编辑知道的东西，应该比作者要多些。要加深文字修养。要浏览百家之书，不怕成为一个杂家。

要熟悉社会各行业的生产、生活和语言。要熟悉农村、工厂、部队，包括种地、生产、作战的具体知识。不知道这些，就没法改稿，或改稿出笑话。

要参考前人编辑刊物的经验，也包括反面的经验。当务之急，是先学习鲁迅主持编辑的刊物，如《语丝》，《莽原》，《奔流》，《萌芽》，《文学》，《译文》等。应该学学他在每期刊物后面所写的“后记”。从鲁迅编辑刊物中，我们可以学到：对作者的态度；对读者的关心；对文字的严肃；对艺术的要求。

对待作者要亲切也要严肃。这主要表现在对待他们的稿件上。熟人的稿件和不熟人的稿件，要求尺度相当。不和投稿者拉拉扯扯，不和投稿者互通有无。(非指意识形态，指生活资料。)

对待投稿者不摆架子，不板面孔，但也不因为他有所呈献而青眼相加。编辑是一种工作职称，目前“张编辑”、“李编辑”的称呼，不太妥当。

改稿时，知之为知之，不知为不知。不认识的字，不知道的名词，就查字典，或求教他人，或问作者，这都是工作常规，并不丢人。

作者原稿，可改可不改者，不改。可删可不删者不删。不代作者作文章（特别是创作稿）。偶有删节，要使上下文通顺，使作者心服。

敝帚自珍，无论新老作者，你对他的稿件，大砍大削，没有不心痛的，如砍削不当或伤筋动骨，他就更会难过。如果有那种人，你怎样乱改他的文章，他也无动于衷，这并不表现他的胸襟宽阔，只能证明他对创作，并不认真。

（历史经验：在三十年代，《文学》编辑傅东华删了周文的小说，删得太多而不妥，周文找上门去，时称“盘肠大战”事件。）

不轻易召作者到编辑部，有事写信商量。这样互不干扰日常工作，保持编辑部正常秩序。鲁迅说，他从来也不轻易召作者到编辑部来。

改错稿举例：

（一）把原来字数相当的一副对联，改成了一句长、一句短，这是不对的，因对联不是标语。

（二）把一个解放区作者自传性的文章中的“回到冀中”，错改为“回到北平”，这很可能是因为字体易混排错了，编辑没有看出。而当时北平为敌占区，如以后有人根据此文，审查作者历史，岂不麻烦？

例（一）为常识欠缺；例（二）为粗心大意。

例（一）是编辑只求文字中内容无错误，忘记了这是一副对联。例（二）是编辑对历史背景不大了然，看到主人公从张家口出发，“经过宣化”，就以为他一定是坐火车到北平去了。其实主人公是坐火车到宣化，然后步行，经涿鹿、易县回到冀中。

编辑有责任把文章中的标点弄好。因为就是有经验的作者，有时对标点，也不太认真、讲求。标点很重要。

错误标点举例：

第一次排印的《鲁迅日记》中，有一段话为：川岛惠赠图章一枚，文曰：“迅翁”，不可用也。

编辑标为：文曰：“迅翁不可用也。”这成何话语。

不为改稿而改稿，即不是为了叫组长看自己的工作成绩，而故意把稿子大加删改，涂抹很多。

对稿件严肃认真，就是尊重作者，其它种种，都是无谓的客气。如发表作品，不要有恩赐观点或投机心理。能做到坚持原则，不做风派人物，那就更可贵了。

刊物要往小而精里办，不往大而滥里办。这不只是为了节省财、物、人三力，主要是为了提高创作的水平。编辑选登稿件越严格，应之而来的一定是创作水平的提高。反之，则会降低创作的水平。

刊物要有地方特点，地方色彩。要有个性。要敢于形成一个流派，与兄弟刊物竞争比赛。

投 稿

有志于文学创作，先从思想、生活、语言等方面，加强修养。但也需要投稿。刊物之于作者，如舞台之于演员，球场之于运动员，是必要的练习场所，必须上去。但要有充分的准备。

在学校，可在课堂上认真作文。经过老师评改，好的可在校刊上投稿。在工厂，农村，可在墙报上发表。再有进步，可在地方报刊投稿。不要一来就在大刊物投稿。这倒不是说客大压店，或店大压客。大刊物稿子太多。在地方报刊投稿，容易被选刊，可以得到鼓励。

投稿前，要经常阅读一些报刊，看看它的水平、内容、要求。稿子一定要抄写清楚，这一点很重要，有时就像在考场写卷子一样，字体不清楚是很吃亏的。常常发现，稿子写得乱，内容也就不好。内容好的，稿子一般抄写得也工整。

投稿，最好是按照邮局规章，把稿子寄到编辑部，下面用清楚字体注明姓名地址，以便联系。有些人名字写得很了草，编辑认不出来，大家传阅，猜想，这是很不好的。

有人好带着稿子跑到编辑部，请编辑当面指点。这种办法并不好，临时仓促地看，不一定就能提出切实的意见。有的人未进编辑部之前，先买一盒好烟，进去了，张编辑，李编辑都敬一支，这种作法也不好。至于带上本厂的产品，给编辑以各种生活的方便，都与提高稿子质量无关，甚至有害。

有的人，和编辑们混熟了，没有稿子，也往编辑部跑，一坐就是一两个小时，无所不谈。这种好跑编辑部的人，恕我直言，常常写不出什么好的作品。或原来写得还不错，后来反而退步了。

登门拜访成名的作家，或写信提出很多创作上的问题求教，我想收获也不会很大的。

初学写作，都希望有名师指点。但创作这一行，名师所能告诉给我们的，也不过是一些规律性的话，如劝我们深入生活，多读书，多积累词汇等等。名师不能把生活、思想感情、语言技巧塞到我们作品中。再说，作家也是新陈代谢的，后来居上。我们只能在前人留下的遗产中，吸取营养，接受经验。成功之路，还得自己一步一步地走去。

创作来源于现实生活，只有埋头苦干，坚持不懈，才有收获。希图捷径，是错误的。别人的帮助，提携，也是有限的。有这些时间，或深入生活，或熟悉人物，或汇集语言，或阅读作品，对创作都会更有益些。

至于专好打听文坛花絮、作家生活，拨弄是非，散布流言，那已经是进入邪僻路径，更应该警惕。

古今中外，文坛从来被认为是个名利角逐的场所。“四人帮”更把它弄得芜秽不堪。自从文痞姚文元以棍棒起家，平步青云，内居清要，外掌文权，声势显赫，俨然权威，这不能不引起一些浅见势利之徒的心热眼红。以为文艺和文艺批评这种意识形态，大有可为，一棍如果打中，即使成不了姚文元，也是一本万利，鸡犬飞升的腾达捷径。流毒很深很广。我们应该有意识地把它廓清，培植一代正气之花、磊落之树的新苗。这需要好的土壤，好的水源，精心的耕作，主要是靠作者自己刻苦努力。老一辈作家，主要是用他们的好的作品，切实可行的理论，指导帮助新的一代。

初学写作，最好是写你所熟知的，有亲身体会的事，要写短篇，一两千字的文章。写好了抄写清楚，先请老师看，再征求一些群众的意见，修改得满意之后，再寄给报刊。要持认真的态度，不抱侥幸的心理。稿件如果被退回来，也不要灰心，总结一下经验教训，以利再战。

稿件的被采用或被退还，都是正常的事，不要大惊小怪。稿子退回来，对初学者来说，自然是质量较差的可能性多些。但也不一定完全是这样。稿子不用，常常有多种情况，有时是不适合刊物当前的要求，这叫没赶上时候；有时是编辑一眼看高，一眼看低，这叫没遇见伯乐。如果自己有信心，过一个时期或另投他处，稿子终归有出路。

旧社会投稿是很困难的，那时刊物很少，又大都是同人刊物，不重视外稿。但就是那样，也不是所有的人材，所有的好作品，都被埋没了。现在我们有这样多的报刊杂志，又注意培养新生力量，才能与努力的成果，更不会被无端埋没。但不能因为条件好了，饭容易到口了，就马虎从事，那样可就成功不易了。

在学校作文，是作业，可以模拟他人，也可以抄录一些平日爱好的语句在自己的文章中。但从事创作，千万不能犯抄袭的毛病。一时写不出写不好，慢慢练习就是了。因为一旦犯了这种毛病，被人揭发，就会一蹶不振，名誉扫地。

（历史经验：三十年代有一个昙花般的作家叫穆时英。他在文坛出现，最初好像一颗明亮的星。当时影响很大的文学刊物《现代》，在画页上刊登了他的半身像片。

那时候，日本以翻译外国作品的快速著名，从日文重译，中国当时也能很快读到一些新的文艺理论和作品。日本那时有些作家在模仿外国文学的新流派，例如什么新感觉派的横光利一，中国就接连翻译了他的几篇小说。

穆时英最初是模仿日本的新流派，他马上红了起来。许多刊物向他拉稿，他供不应求，于是从模仿，一落而为抄袭。即从日文翻译，当成他的“创作”发表。不久被人揭发。旧社会对这种行为看得很严重，于是这颗新星迅速陨落，再也没有出过面，不知干什么去了。)

一九七八年四月三十日

进修二题

关于含蓄

为了有助于同志们的艺术进修，我把想到的有关创作的两个问题谈一谈，第一是含蓄。

在文学创作里面，主题当然要很明朗，不能使要表达的思想晦暗。但是我想，文学创作需要有含蓄。所谓含蓄，就是不要一泻无遗，不要节外生枝，不要累赘琐碎，要有剪裁，要给读者留有思考的余地。

目前，在我们的一些创作里面，写一个人痛苦，或写一个人快乐，表现感情的方法好像都差不多，都是很简单的。这种写法，当然是可以的。但是，感情的表现，并不是只有一个方式，就是说，无论在什么情况下面，就只有一种表现。柳宗元说：“长歌之哀，过于痛哭；嬉笑之怒，甚于裂眦。”在出土的古书竹简上有一句话：“至乐不笑”。契诃夫有好几次告诉青年作者：写一个人悲哀，应该写他散步，写他吹口哨。我想，并不是所有从事写作的人，都能体会到感情方面所有的这些具体表现。

有一年，我住在疗养院里，夜晚很寂寞，想听听收音机，一时找不到合适的节目。当我正要关闭收音机的时候，忽然隐隐约约听到一种很细微的声音，这声音一下就吸引了我，赶紧对准，原来是杨虎城将军那位宋秘书的女儿，正在报告她的亲人被杀害的经过。这是一种非常悲痛的声音，也是一种极度控制的、有含蓄的声音。这个女孩子，在那里低声地讲着，简直是如泣如诉地讲着。我立时坐下来，一直收听完毕，热泪盈眶。整整一晚上，感动得不能平静。当时，并非没有更强烈的大声喊叫，或者痛哭流涕的节目，而这位烈士的女儿的声音，只是若隐若现的时候，就那样强烈地震动了我的心。含蓄，必须包括真实的感情在里面。

有一天我看报纸，蠡县有一个生产队长，一个女社员夜晚害了重病，这位队长冒着大雪去给她请大夫。这是平原上很少见的大雪，在回来的路上，医生失足掉在井里面。这位队长立时跳下井去，想救出这位医生，结果自己冻死在井里。这是一篇很简短的报道，我读它的时候，正是在一天清晨，它深深地感动了我，我向家里的人讲述了这一段事情。

还有一个例子，有一天晚报上登了一段消息，说有一个小孩，支气管里塞上了黄豆，结果被父母当作死孩子，抛掷在荒坟里面，被一个出差的解放军抱走救活了。

以上所举的三个例子，都是很简短的新闻报道或广播节目。这里面没有长篇大论，也没有很多文艺上的加工描写。但是我可以说，这些事实，即使被以后的作家演义成一两万字或者更长的小说，它的感动能力也不一定就能超过原来简短的报道。这是在文学创作上常见到的一种现象。当然，有的故事拉长了，它的感染力可能增强，但有的故事拉长了，就像多加了水，它的感染力也可能冲淡。

那部《颜氏家训》里说："凡为文章，犹乘骐骥，虽有逸气，当以衔勒制之。"就是说写文章应该有节制，应该适可而止，应该有含蓄。我们写文章，常常是怕读者看不明白，要面面俱到；怕批评家和读者提出意见，在作品里面增加一些解释，这些都是不必要的。对生活了解得愈多的人，他在创作上愈能有节制，有含蓄；凡是生活本钱不大的人，他的文章就容易流于散漫铺张。

语言一例

文学语言，包括好的比喻，有力的生发，美妙的联想和出奇制胜的描写。这些造诣，无疑都是从对人民生活、社会风习，和时代精神的深刻体会和理解得来。

戚蓼生说，曹雪芹的写作之所以"神乎"，是因为：第一，"立意遣词，无一落前人窠臼"；第二，"注彼而写此，目送而手挥"；第三，"似谲而正"。他这些分析，当然还不能完全概括曹雪芹在语言上的技巧，但是他所说明的这些道理，我们应该研究。

在文学上，语言、语法和语气，是有很多变化的，是有很多风格的，越是对于生活了解得多的人，了解得深刻的人，他的语言就越不会简单化。但并不是所有的评论家都能了解这一点。在有些评论家看来，一句话只有一个说法，稍微有所变化，他就感觉奇怪。譬如说，在抗日战争期间，有一篇作品写到有人想给一个女孩子介绍一个八路军做爱人，问："你愿意吗?"女孩子说："我不愿意。"评论家看到这句话，就下结论说，这个女孩子很"落后"。这句话会使人物降低，作者的"世界观"有问题。其实，那个女孩子心里是很爱八路军的。按照这位评论家的方式，这个女孩子一听到有人给她介绍对象，就应该高兴得跳起来，说："好极了！谢谢你！快带我去找他吧!"这样，评论家就可以鉴定她很进步，形象高大，作品有进步意义。但是在生活里并不是这样。在生活里，一个人的说话，口气，因为当时的心情，不同的性格，不同的处境，常常是有各式各样的变化的。如果连这一点都不懂，我们还从事什么文学工作？如果连一句话也看不明白，我们还"观"的什么"世界"。当然，在生活里也有"袖里吞棒槌——直出直入"式的语法，但并不能用这个方式概括一切。我下乡的时候，一个女孩子曾经告诉我："话有百说百解。"我觉得这句话很有道理。

明白了以上这些道理，我们才能领会所谓"似谲而正"，所谓"注彼而写此"这些语言工作上的复杂情况。

附注　以上系一九六四年六月一篇讲稿中的断片，一九六六年冬季散失，今重获之，整理出来，投寄刊物，亦奇遇也。

一九七八年八月

关于诗

近些天来，因为一种原因，我时常想起抗日战争时期的诗人和他们的作品。有时是想到人，随即想到他们的诗句。每个人都有自己的特点，互不干扰混淆。同时，他们的为人和他们的诗风，又紧紧联系在一起。

这样，就产生了一种感觉。这些年来，我们的诗坛，暂时先不谈它的重大成绩和丰盛的收获，只就它存在的一些缺点而言，在一些地方恰恰失去或减弱了这些特点。

古人说：“诗言志”。就是说，诗中要有自己的东西。这包括诗人的“志”，即思想或见解；诗人的遭际，即自己的兴衰成败；诗人的感情，即喜怒哀乐；诗人的阅历，即所见所闻。

历观古今中外伟大诗人的作品，都有自己的东西。更了当地说，他们的诗主要包含着他自己。《杜工部集》，《白乐天集》，《李太白集》，无不如此。

有一种不成文、已经有案可查的说法：不要写自己，不要表现自我，不然，就会使小资产阶级的思想感情泛滥。

没有了自己的东西，于是大家就说差不多的话，讲一种大体相同的道理，写类似的事件、相貌和性格分别不出来的人物。

每天读这样的诗稿，就必然分不清题旨，分不清意境，分不清诗句，以至最后分不清作者。就像走进公共场所，熙熙攘攘，出出进进，结果没有一个清楚的面孔，留在印象之中。

有人可以立即反驳说，我们的思想性很强，我们的形象很高大，我们的感情很热烈，我们的见闻都是新人新事，都是重大题材。

但是，因为没有真正通过自己去表现，就减弱了诗的感染力。

在诗里，说大话，说绝话，说似是而非的话，是很省力气的。有人说这是必要的夸张，并引证李白。其实，李白虽有狂放的名声，但并不是单靠“夸张”起家的。他的本领在于通过他自己的诗风，成功地表现了当时的社会和历史的现实。他有丰富的生活经历，他走的路很多，见到的也很广。他对所见所闻，都经过深刻的思考，引起强烈的感情，才发为诗歌。单靠吹牛，不能成为李白，只能成为李赤。

不要害怕在诗作中间，有自己的东西。你没有见过的，就不要去写。你见到了，没有什么感情反响，也不要急着去写。你的思想没有那么高，不一定强把它抬高，暂时写得低一点，倒会真实一些。

诗人要关心国家大事，关心民族命运，关心群众生活，与他们感情相通。过去的诗人，也不是人人都是思想家，都是时代的引路人。如果他们从一个角度，反映了时代和社会的真实面貌，仍不失为有意义的作品。韦庄的《秦妇吟》，并没有革命思想，还是现实主义的伟大诗作。

前几年发掘出来的老子竹简中说："实谷不华"，"至言不饰，至乐不笑"。真诚和真实，不只是哲学领域中可宝贵的道理，在创作上，也是应当引为借鉴的。

不合情理的，言不由衷的，没有现实根据的夸张，只能使诗格降低。我们的诗，不能老是写得那么空泛，表面。要有些含蓄，有些意象，有些意境。这些东西，是只有通过诗人自己，认真地去观察、思考，才能产生。

目前，诗战线，应该质中求量，不该只是在量中求质了。我有个近于荒唐的想法：如果惯于写长诗的人，把诗再写短些；惯于每天写好多首的人，把指标降低些，我们的诗的质量，就会真正大上了。要从多方面，加强诗的艺术性。

希望老一辈诗人，给青年诗人做个典范。不作无病呻吟的诗，不作顺口溜，精益求精，把中国古代诗人苦吟苦想的严肃作风，传给青年一代。

形式的问题，不是主要的。已经迈出的步子，也很难返回了。时代在决定着诗的形式的变革。

杜工部句："美人细意熨贴平，裁缝灭尽针线迹。"诗要经过多次修改，才会合格，成功。

一九七八年八月五日大热

左批评右创作论

譬之古人左图右书的读书方式，我建议人们在阅读文艺作品的时候，采取左批评右创作的作法。就是把批评文章和它所批评的那篇（部）创作放在一起，进行一番独立思考的比较、分析、判断。

我想，这对于创作和批评都会是有益的，都可以得到提高。对于欣赏和学习，也可以收到一种实证化验的乐趣。

因为，直到现在，还有人在怀疑，究竟在这几年里，批评是否粗暴了？以及这种批评是否对创作发生了种种不良的影响——就是所谓障碍？

批评是否可以起障碍的作用？我想是可以的。就其职责来说，简直是不可避免的。如果在创作界流行着一种不正确的创作方法，或是在某一作家的创作里，确实已透露着一种不良的倾向，难道能够听其发展，看着它泛滥，而不允许批评家挺身而出，对它加以干涉指责，甚至当头棒喝吗？在泛滥为灾的水流前面，筑起一道障碍，甚至坚壁高垒，这都是应该的。别林斯基对于果戈里的错误倾向，就是这样做的，也没有听到当时以及后来的创作界对他发表过什么怨言，更没有人说过他粗暴。

但是，为什么现在有些作者竟然说起批评者粗暴来了呢？我想这并不是因为当代的作者，都害怕批评，忽然都变得脆弱，都成了胆小鬼。因为这确是一个实际存在的问题，这个问题在局外人看得不很清楚，而从事创作的人，却有种种切身的体会。

什么叫切身的体会呢？对于批评家，历史上的大作家们，例如托尔斯泰、高尔基、鲁迅都发表过一些感想，这些感想，大家都是熟悉的，不必引证。这些大作家也没有一个不衷心地尊崇与他同时代的伟大的批评家，例如鲁迅之于瞿秋白，这也是大家熟悉的。然而，为了说明什么叫做切身的感受，我们还是不妨引证契诃夫对批评家——这当然指的是不好的批评家的一个看法，他说有些批评家对于作家的工作来说，就像正在耕作的马的肚皮上飞拢的虻蝇。

这个比方当然是不够客气的，但是，它确实是契诃夫的亲身的体会，也正如耕作的马，确实有它本身的苦恼一样。

这就是我为什么提倡左批评右创作的理由。有些批评是发表了的，有些批评是直接寄到作者手里的，也有些是由报刊或出版社的编辑部转来的。这中间当然有很多对作者颇有教益的文章，批评者的诚恳热情也是应该长久铭记在心的。但是，在前一二年（这一年来减少了），正当你铺纸濡笔，培养起情绪，准备写作的时候，忽然有一封批评稿件放到了你的桌上，对你的批评是：

“我建议出版机关把这本恶劣到家的书，停止出版！”

“这个作者太无耻了！”

这些话都是来得这么突然，而出版社又限期让你答复这封“读者来信”。冷静些吧，你至少今天不能创作了；再有勇气些吧，意思就是叫你承认自己确实犯有这些错误。

在很长的一段时间里，批评界流行着这样一种风气：从创作里摘取一句一段，再加以主观的逻辑，就给作者定下了这个那个的罪名。

有些并不从事创作的同志，都会好心地说，那有什么关系呢，读者来信么！有则改之，无则加勉罢！

它常常并不是群众的意见，而是从来也不理解作品的生活实际，只会板“正确”面孔的个人的武断。在作者这方面，就有了马的苦恼。

现在，有人又在害怕，是不是会又一棍子打死了批评者？

我想创作本身永远不会一棒子打死批评者，因为从各方面考察，创作的武器作用，并不在这一方面。

从事创作的同志，可以提出自己遭遇的事实。在广大的读者方面呢，就是要提倡把批评和创作对照起来看。一经对照，谁是谁非，是否粗暴，就会弄清楚了。如果创作和批评的篇幅都不很长，可以放在一起发表。过去，鲁迅就是采取这个办法的。

这样做，就可以使创作和批评站在平等的地位，而免除多年来的批评好像是在审判，创作好像是在受审的感觉。

这样做，就可以使读者看到耕地的深浅，看到马匹的勤惰，也可以看到批评是在认真地鞭策，还是在肚皮下嗡嗡！

一九五六年八月十三日

作者附记　此系旧稿，写于一九五六年，未能发表。运动期间，家中文字荡然，此稿因为一青年友人取去，幸未遗失。运动过后，彼知我爱惜羽毛，将此连同其他一些稿件，送还我手，完整无损。深感保存此等物件之不易，现略加订正，表而出之。目前，文艺界之民主及实事求是作风，提倡甚力，已有成效。此文议论，作为历史经验教训观之可也。

一九七九年一月底

谈校对工作

我国的文化，优良的传统之一，就是重视书籍、报刊的校对工作。凡是认真读书的人，有事业心的出版家，有责任心的编辑人员，都重视校对工作。因为，有好文章，固然是第一义，但如果没有认真的校对，好文章也会变为不好的文章，使人读起来别扭，甚至难以卒读。至于写文章的人，当然就更注意校对了，因为这一工作的负责与否，直接关系到他的文章的社会效果。

在我国，历代的读书人，都重视书籍的版本，校雠成了一种专门的学问。

在古代，校书的人，都是很有学识的人，一般说，校书的人，比起写书的人，知道的还要多些。有些青年作者，要出版著作，都是请先辈校正，并列衔于书前。鲁迅先生曾为不少青年作家校正文稿和出版物，他用的名称叫“校字”。

古代的书，抄写或是刻版，都是很困难的。书的印数和印出的时间，都受到限制，流传不广。越是如此，出版者的校对工作越是认真。有很多古书，抄写或刻印，都是作者或编辑者亲自校对，一字不苟，一笔一划都有讲究。有很多好的版本流传下来，使我们祖国的文化，得以发扬光大。

宋代和清代刻书，都很重视校对。明朝印书虽多，但很随便，所以有人说："明人刻书而书亡。"特别是清朝，有很多校书的名家，他们有的是收藏家，有的是考据家。经过他们校对的书，名望很高，大家都乐于得到，奉为典型。

近代印刷术进步，书报发行量大多了，流传更广了，校对工作，就更繁重。因此，大的出版业，都特设了专门校对的机构，校对工作才从编辑工作中分工出来。并形成一种社会习惯，好像校对人员比起编辑人员要低一等。其实不然。有些老的校对，正像老的排字工人一样，是很有学问很有经验的，常常为一般编辑所不及。过去商务印书馆出版的书，在版权页，印上校对者的名字，以明职责，这种办法很好。

近几年来，我们国家的文艺刊物增加了，内容质量非本文所及，姑且不论，只就校对工作而言，有不少是不能令人满意的。

按照通常道理，校对工作的质量，直接影响刊物的质量，也能影响刊物的信誉和发行数量，本应得到重视。但是在目前，好像有的刊物并不注意发行多少，对于信誉，也不大在乎。原因是它并没有成本核算，发行多少，赔钱多少，并不与编辑人员的事业前途、经济利益有关。这样，刊物编辑部就容易沾染官场习气。稍有文字工作履历的人，都提拔到了领导岗位。一个刊物有多层领导，名字虽不见于版权页，确实都有官称。当然，问题并不在于官称，而在于这些领导的责任感，他们并不重视刊物的校对。一般文艺刊物，并没有校对科，校对工作，由编辑来做。他们让一些青年同志去做，这些青年在知识文化水平方面，因为前些年的教育问题，一般都很低。

按说，一个刊物的主编或副主编，除去要看全部稿件外，还要看看每期的排样。编辑部的主任、组长，就更不必说了，要对印出的每一句，每一个字，都要负责任。最近，我看到《长春》文艺月刊，每一篇文章之后，都注明责任编辑，错字，确实很少。最近一期，登了我的一篇短文，因为字句的问题，他们就曾两次寄信和我商榷，非常认真。

一篇同类性质的文章，我寄给了《长城》文艺丛刊。他们把原稿誊抄一次。发排后把清样寄给我，其中错误很多。我马上把校样寄回，附信请他们照改。结果刊物一到，令人非常不快，并且非常纳闷。

那是短短一篇文言文，两千来字。其中一句是："余于所为小说，向不甚重视珍惜。""所为"误为"所谓"。好像我不是对自己所作小说，而是对一切小说，都不重视珍惜了。为什么这样改，我还想得通，可能是编者只知"所谓"一词，不知"所为"一词所致。

令人费解的是，文中的文言的"亦"字，全部改为白话的"也"字，共有六处。这显然不是排错，也不是抄错，而是改错的。这岂不是胡闹？

我也曾自我检讨：现在，你弄什么有"复古"倾向的文言文？

这很可能是对你的一种惩罚!

我的校样寄去之后,也一直收不到编辑部的回信,没有任何解释。我估计,凡是“负责同志”,都没有注意到这些错误,也不重视这种现象。我在这里特意提一下,算是为自己的文章,作个更正。

不认真读书的人,或者说,错个把字算得什么,何必斤斤于此呢?

真正读书的人,最怕有错字,一遇错字就像遇到拦路虎,兴趣索然。

我读过一部印刷粗劣的小木板的《笑林广记》,错字之多,以及错字的千奇百怪,使人实在读不成句。我左猜右猜,并寻找它出错的规律,勉强读下去,就像读一部“天书”。

后来,我问到一位内行人。他说,你看的这种小说,本来是和“天地灶马”一同印刷出版的,在那个地方,刻书的都是妇女,并不认识字。她们把样本贴在木板上,就用刀子去刻,东一刀,西一刀,多一刀,少一刀,她们都不在乎,有时是随心所欲地来上几刀。因此就出现了那么多奇怪的错字。她们是家庭副业,快快刻完印出来,是为的拿到庙会集市上去卖钱,她们完全不是为了做学问。

啊,这,我就明白了。

在旧社会,出一本刊物,是多么困难,买一本书,又是如何困难。读书买书,都要经过多次考虑,掂斤簸两。虽不希望字字珠玑,也希望读起来怡心悦目。如果读起来错字连篇,像走坑坑洼洼的道路，何必又花钱买书呢？现在国家重视文化，出这样多的财力人力物力，办刊物出书，如果连校对工作都不认真去做，岂不是南辕而北辙吗？

一九七九年十一月十四日

万里和万卷

自太史公自叙，谈到游览名山大川，对于作文的帮助，以后苏子由又加以发挥，就渐渐演变成一句通俗白话：读万卷书，行万里路，才能写好文章。

其实，太史公游览名山大川，是为了观察地理形势，听取口碑，搜集史料；苏子由游览名山大川，则是为了开阔胸襟，揽今怀古，以增加为文的气势。

杨衒之的《洛阳伽蓝记》，虽然是记一代的名胜，主要是记载了一些历史人物和事件，读起来是历史，并不是枯燥的地理书。郦道元的《水经注》，则于精密的地理考察之中，随时随地记录一些短小生动的史实，几乎使人忘记了是在读《水经》。这些著作，都可以说是游记的上乘，虽然它们都被列入地理书。

此外，文人的游记，那就浩如烟海，代有名家。但真正能传世感人的，也并不太多。尝以为游记一体，应该具有以下几种内含：

一、有怀古的幽思

二、有临民的热情

三、有高尚的寄托

四、有优美的文字

这四点，是缺一不可的。到一个地方，不知道那里的地理历史，不关心那里的现实生活，游时没有高尚的情操，写时没有富有感染力的文字，那当然就谈不上什么游记了。

其中，文字的表现能力，最为重要。所以说，“两万”的关系，“读万卷”应该在前，“行万里”应该在后；不然，只是走了路，爬了山，还是写不出好的游记来。

中国人，好游不好记。凡是名胜，你去看吧，凡是可以写字的地方，都被游人的题名填满了，甚至不惜刻削污涂，破坏砖石树木。有一年春天，我去逛无锡的梅园，去了几次梅花都不开，最后一次开了，又遇下雨，到后园一间堆放农具的大房子里躲避，四面墙上，也都被吟诗、作画、题名，弄得一塌糊涂。当时我想，这是“泰山刻石”、“雁塔题名”的遗风吗？这也是一种发表欲的满足吗？梅园前边没有什么可以涂抹的地方，就都到这里来了，难道这是“梅园副刊”的版面吗？

题过名，也就是表明游过了，万事大吉了。如果你请他写一篇游记，他一定摇头。如果我们把那题名的热情，都用来读书写游记，是多么好啊！

一九八〇年十一月二十一日晨

关于“乡土文学”

去年冬天，绍棠来津晤谈时，曾说：他要给一个刊物编一个特辑，名叫“乡土文学”，到时要我在前面写几句话。对于绍棠，我是“有求必应”的，因为我知道，他不会给我出难题。他的一些想法，我也常常是同意的。但在谈话当时，我并没有弄清这四个字的含义，也没有细想为什么绍棠要编辑这样一组文章。我还是点头答应了。过了两天，当他同一群人来舍下合影留念时，他又对我说了一次，我说：“我年老好忘，到时候你催促我吧！”

前几天绍棠果然来信催稿了。对于绍棠，我一向也是“有催必动”的。对这个题目，仍觉茫然，不得要领。因此，我托邹明同志写信去问，究竟要我写些什么。绍棠的回信未到，我已经沉不住气，只好在这里揣摩着写。

记得鲁迅先生，在许钦文初写小说时，曾称他的小说为“乡土文学”。我想，这不外是，许钦文所写都是浙江绍兴一带的人物故事，风土人情，甚至在人物对话方面，也保留了一些方言土语。所以鲁迅给了他这样一个称呼。这个称呼，很难说是批评，但也很难说是推崇。因为，鲁迅自己也写了很多篇以家乡人民生活为背景的小说，他并没有自称过这些小说为“乡土文学”。别人也没有这样称谓过，也不应该这样称呼。这已经不是什么乡土文学，而是民族的瑰宝。

说实在的，我对“乡土文学”这个词儿，也就是有这么一些印象，其中恐怕还有错误之处。

我又联想到绍棠这些年的一些言论和主张。他在好几个地方说，他是“一个土著”，他所写的是“乡土文学”，是田园牧歌。他又说，他写得越“土”，则外国人看来就越“洋”等等。

看来，他好像是在和别人赌什么不忿，自己要竖立一个与众不同的标榜。

这可能也有客观方面的激励，我是不大清楚的。我看的当代作家的作品很少，不敢冒充了解当今的文坛。

就我个人的认识来说，我以为绍棠其实是可以不必这样说，也可以不必这样标榜的。因为，就文学艺术来说，微观言之，则所有文学作品，皆可称为乡土文学；而宏观言之，则所谓乡土文学，实不存在。文学形态，包括内容和形式，不能长久不变，历史流传的文学作品，并没有一种可以永远称之为乡土文学。

当然，任何艺术品种，都有所谓民间的形式，或称地方的形式。例如戏曲。但是，这种形式并非永久不变的，它要进入都市，甚至进入宫廷。一为文人墨客所纂易，就不永远是乡土的了。艺术又是不胫而走的，不分东西南北的，宫墙限制不住它，城墙也限制不住它，它又可以衣锦还乡，重新进入荒山僻野，为那里人民所喜爱，并改变着那里人民的艺术爱好，艺术趣味。

古之于今，今之于古，外洋之于中国，中国之于外洋，其规律也是如此。

在文学史上，南宋以来，又有所谓市民文学，好像是与乡土文学对立的。其实这一名词，也很难成立。平话形式的梁山故事，固然可以说是市民文学，但一成为《水浒传》，就很难这样说。城市是个非常复杂的所在，人也是很混杂的，它固然可以是首善之区，藏龙卧虎；但也可以是罪恶的渊薮，藏污纳垢。以城市来划定一种文学形式是不稳定的，因此是不科学的。

凡是文艺，都要有根基，有土壤。有根基者才有生命力，有根基者才能远走高飞。不然就会行之不远，甚至寸步难行。什么是文艺的根基呢？就是人民的现实生活，就是民族性格，就是民族统。根基也在受内在和外来的影响，逐渐变动。

因此，凡是根基深的文学艺术，它就可以为当时当地的人民所喜爱，它就可以走到各个地方去，为那里的人民所接受，它就可以传之永久。

绍棠当前所写的，所从事的，只要问根基扎得深不深，可以不计其他。我以为绍棠深入乡土，努力反映那一带人民的生活和斗争，风俗和习惯，这种创作道路，是完全可以自信的，是无可非议的。自己认真做去就可以了，何必因为别人另有选择，自己就划地为牢，限制自己？作家的眼睛，不能只注视人民生活的局部，而是要注视它的全部。绍棠不要把自己囿于运河两岸。没有一成不变的乡土文学，就像人间并没有世外桃源一样。不管多么偏远的地区，人民的生活，也在不断变化。外来的东西，总是要进来的，只要民族的根基深，传统固，自信力强，那是没有什么可怕的，也无需大惊小怪。

当然，我们不能提倡媚外文学。在三十年代，鲁迅把那种讨好外国人，以洋人的爱好为创作标准的文学，称做“西崽像”的文学。

一九八一年二月十八日午饭之后记

与友人论传记

前承问写传记的方法，这固然不是我所能说得完全的。但在阅读了一些中国历史书籍以后，对于中国历史传记写作的道理及其传统，却有一些领会。现略加整理分析，供你参考。我国在历史上，很重视传记，断代史中，人物传记占绝大部分。作为很重要的一种文体，在作家专集中，分量也很大。《春秋》、《左传》，自古以来，就与经书同列。可见“传”在中国文化遗产中，所占的位置。

但这主要是就历史而言，在文学创作上，传记的成就，是不能和历史著作相比的。历史与文学，虽有共同的根源，即现实、环境、人物，但历史并不等于文学。文才并不等于史才。有些大作家写的传记，常常不如历史学家。把文史熔为一炉，并铸出不朽的人物群像的，只有司马迁、班固。此外，陈寿、范晔，已经史重于文。至于欧阳修，在文学上，虽享大名，所撰《新唐书》及《新五代史》，其中传记，已经不能同班马并论，常常遭到他人的非议。

史学的方法和文学的方法，并非一回事，而且有时很矛盾。史学重事实，文人好渲染；史学重客观，文人好表现自我。只就这两点而言，作家所写的传记，就常常使人不能相信了。

班马固然也是文学家，但是他们的做法，是从历史着眼，是尊重历史，尊重客观。在他们写历史作品的时候，也表现了文学的才能。这种才能，只是为历史服务，个人爱好，退居到第二位。越是采取客观态度，他们的作品完成以后，他们的文学才能，越是显得突出。有些人，在写作历史传记时，大显其文学方面的身手，越是这样，当他们的作品写成时，他那些文学方面的才华，却成了史学方面的负担、堆砌臃肿和污染。文学的脂粉涂得过多，反倒把人物弄丑了。晚清有个王定安，是曾国藩的得意弟子，他撰写的《湘军记》，不能说用力不勤，材料也不能说是单薄无据，就因为存心卖弄才华，文字写得扭捏作态，颇不大方，就被别人耻笑，以为不如王闿运的《湘军志》。其实，王的书，也是文学家的历史著作，并无突出优异之处，不过他稍稍知道写历史的道理，能略加收敛文学天才而已。

人物传记，自古以来，看作是历史范畴。它的写作特点，归纳起来，有以下几个方面：

一、记言记行并重。《史记》、《汉书》都是如此。记述人物一生重要行为，即决定性的关键性的行动，记述其与此种行动相辅相成的语言。《三国志》裴松之的注，特别注意记一个人的语言。深刻隽永的语言，颇能表现一个人物的风格面貌。这种用语言表现人物的写法以后演变为多种多样的《世说新语》一类的书，本身也是一种历史。语言，不只反映人物的思想作风，也是人物行为的基础，所以很被史学家重视。

二、大节细节并重。古代史家，写一个人物，并不只记述他的成败两方面的大节，也记述他日常生活的细节。司马迁首先注意及此，效果甚佳。就像刘邦、项羽这些大人物，他也从记述其日常的言行着眼。而在写一些微末之士的时候，则多着眼其言行两方面的荦荦大端，显露其非凡之一面。

三、优点缺点并重。历史传记，首先注重真实，而真实是从全面、整体中提炼出来的。因此，历史所表现的人物，很少是神化的完人。《三国志》写关羽，写其功劳战绩，也暴露其秽德失行。把关羽神化，是后来小说和剧本干的事。优缺点并重，功过并举，才是现实生活中的“完人”，抽象的完人，是不存在的。

四、客观主观并重。历史，整个地说来，是客观存在。人物的言行，看来是主观的，但必然受历史的制约。古代传记，所写的人物，从历史环境、历史事件中表现，如曹操之于汉末，诸葛亮之于三分。客观环境与主观意志，紧密结合，历史与人物，才能互相辉映，相得益彰。在传记中，人物主观成分的表现，不能过多，主要是表现其与时代相触发相关联的契机。

传记能否写得成功，作者的识见及态度，甚关重要。当然，作者要有学，掌握的材料要多。但材料的取舍、剪裁，要靠识。识不高则学无所用。识不高也难于超脱，难于客观，难于实事求是。写传记，有如下数忌：

一、忌恩怨、忌感情用事。传记所写是历史，只求存实。是为了后人鉴戒，所以也求达理。不真实则理不能通，并能悖理，于后世有害。写传记，对成功者，不能预先存恐惧之念，对失败者不能预先存轻侮之心。对已有恩者不过誉，对已有怨者不贬低。个人恩怨，排除净尽，头脑冷静，然后下笔。如不能做到，就可以不写。

二、忌用无根材料。写传记，都知看重第一手材料。即个人观察所得，眼见是实的材料。这种材料，是不易得到的。即使调查来的材料，也还有个剪裁取舍的问题，不一定完全可靠。至于文献记载，就更应该有所鉴别。过去，人物传记，有所谓家乘，即本人家族保存的材料；有所谓弟子记，即他的门人记录的材料；有所谓碑传，即死后刻在墓碑上的文字。这些材料，还都不能叫做传记，其中有很多不实之处。历史家把这些材料，都看作第二手材料，加以取舍。作者还要实地考察。直接观察以求更可靠的印象和材料。司马迁世为史官，掌握着不少文字材料，但他在写作《史记》之先，还是要出去旅行，访问故老，收集传闻。

三、忌轻易给活人立传。一部《廿四史》，大多数都是写在改朝换代之后。人物都已死去很多年。时过境迁，淘汰沉淀，对他们已经有了一个比较固定的评价。这样写来，容易客观。即本朝国史馆立传，也在盖棺论定之后。排除人事纷扰，再为一个人立传。这是历史传记写作的一个优长之处。当然，年代久远，也容易传闻异词，毁誉失度，有时几十年的事情，就弄不清楚，何况年代更久？这就要看史家的眼光，即识力。

给活着的人立传，材料看来易得，实际存在很多困难。干扰太多，不容易客观。他自己写的自传，也只能看作后人为他立传的材料，何况他人所为？

四、忌作者直接表态。中国历史传记，很少夹叙夹议，直接评价人物的写法。它的传统作法是“春秋笔法”，寓褒贬于行文用字之中，实际上是叫事实说话，即用所排比的事件本身，使读者得到对人物的印象、评价，因之引出历史的经验教训。大的史学家只是写事实，很少议论。司马迁在写过一个人物之后，有“太史公曰”一小段文字，谈他对这一人物的印象和评价，也是在若即若离之间，游刃于褒贬爱憎之外。又有时谈一些与评价无关的逸闻琐事，给文字增加无穷余韵，真是高妙极了。班固以后，这种文字，称“赞”或称“史臣曰”，渐渐有所褒贬，但也绝不把这种文字滥入正文。

外国有一种所谓评传，一边叙述人物的历史，一边发挥作者对人物的见解，中国史书上是少见的。

五、忌用文学手法。外国还有一些传记作品，出自大文豪的手笔，如罗曼·罗兰和巴比塞所写的名人传记。这种传记，是作家的创作，是以作家的意志见解，去和人物的心理思想交融。这是一种非常带有灵感的写法，作为文学作品，当然是无可非议的，但作为传记，就令人有些玄妙之感。这是天才的传记，平凡的笔墨不能追步后尘。

现在，为活着的人写的传记，有时称做“报告文学”。作者凭主观意志，功利观念，对人物表示了充分的爱憎。还有很多想当然的描写，甚至有一大段一大段的作者抒怀，这已经不是传记，而近于小说或叙事诗了。

历史、人物传记，都可以转化为小说、戏曲。《三国演义》是最著名的了。开了“七分史实，三分演义”的先河。《三国演义》能在同类小说中领先，是因为它得天独厚：一、三国的历史形势，济济人材，鼎足与纷争，都有利于结构小说；二、裴松之的注，材料丰富，人物方面，不只有行，而且有言有貌，易于摹画。《三国演义》产生之前，社会上已经有三国故事和三国戏曲，人物的形象、性格已初步具备。其他历史演义，就因为没有这样好的基础，所以写不好。如《隋唐演义》，还有些人物形象，如《五代史平话》，则太显粗糙，没能从历史脱胎出来。

传记是属于历史范畴，它可以成为文学作品，但不能当作文学作品来写。可以说有传记文学，但不能说有文学传记。史笔和文学之笔，应该分别开。

舞台上，赵云的戏有好多出，《三国志・赵云传》，不过几行，我们要认识赵云，就要根据这几行文字，而不能根据舞台上那么多的戏曲。人物一旦变为文学艺术中的形象，几乎就与历史无关了。

历代大作家，如韩愈、柳宗元所写的，名为传而实际是寓言的作品，唐宋传奇中的，名为传实际是小说的作品，都是文学作品，作者主观成分多，都不能当作历史传记来看。

古人著书立说，有时称做“删定”或“笔削”。就是凭作者识见，在庞杂丛芜的材料中，做大量的去伪存真的工作。文学家不适宜修史，因为卖弄文才，添枝加叶，有悖于删削之道，能使历史失实。

一九八一年三月廿五日

与友人论学习古文

承问我学习古代文字的经验，实在惭愧，我在这方面的根底很薄，不能冒充高深。

我上小学的时候，是一九一九年，已经是国民小学。在农村，小学校的设备很简陋，不过是借一家闲院，两间泥房做教室，复式教学，一个先生教四班学生。虽然这样，学校的门口，还是左右挂了两面虎头牌："学校重地"及"闲人免进"。

你看未进校门之先，我们接触的，已经是这样带有浓厚封建国粹色彩的文字了。但进校后所学的，还是新学制的课本，并不是过去的五经四书了。

所以，我在小学四年，并没有读过什么古文。不过，在农村所接触的文字，例如政府告示、春节门联、婚丧应酬文字，还都是文言，很少白话。

我读的第一篇"古文"，是我家的私乘。我的父亲，在经营了多年商业以后，立志要为我的祖父立碑。他求人——一位前清进士撰写了一篇碑文，并把这篇碑文交给小学的先生，要他教我读，以备在立碑的仪式上，叫我在碑前朗诵。父亲把这件事，看得很重，不只有光宗耀祖的虔诚，还有教子成材的希望。

我记得先生每天在课后教我念，完全是生吞活剥，我也背得很熟，在我们家庭的那次大典上，据反映我读得还不错。那时我只有十岁，这篇碑文的内容，已经完全不记得，经过几十年战争动乱，那碑也不知道到哪里去了。但是，那些之乎者也，那些抑扬顿挫，那些起承转合，那些空洞的颂扬之词，好像给我留下了深刻的印象。

然后我进了高等小学。在这二年中，我读的完全是新书和新的文学作品，父亲请了一位老秀才，教我古文，没有给我留下任何印象；因为我看到他走在街头的那种潦倒状态，以为古文是和这种人物紧密相连的，实在鼓不起学习的兴趣。这位老先生教给我的是一部《古文释义》。

在育德中学，初中的国文讲义中，有一些古文，如《孟子》、《庄子》、《墨子》的节录，没有引起我多少兴趣。但对一些词，如《南唐二主词》、李清照《漱玉词》和《苏辛词》，发生了兴趣，一样买了一本，都是商务印书馆印的学生国学丛书的选注本。

为什么首先爱好起词来？是因为在读小说的时候，接触到了一些诗词歌赋。例如《红楼梦》里的《葬花词》，《芙蓉诔》，鲁智深唱的《寄生草》，以及什么祖师的偈语之类，青年时不知为什么对这种文字，这样倾倒，以为是人间天上，再好没有了，背诵抄录，爱不释手。

现在想来，青少年时代，确是一个神秘莫测的时代。那时的感情，确像一江春水，一树桃花，一朵早霞，一声云雀。它的感情是无私的，放射的，是无所不想拥抱，无所不想窥探的。它的胸怀，向一切事物都敞开着，但谁也不知道，是哪一件事物或哪一个人，首先闯进来，与它接触。

接着，我读了《西厢记》，苏曼殊的《断鸿零雁记》，沈复的《浮生六记》。一个时期，我很爱好那种凄冷缠绵，红袖罗衫的文字。

无论是桃花也好，早霞也好，它都要迎接四面八方袭来的风雨。个人的爱好，都要受时代的影响与推动。我初中毕业的那一年，“九一八”事变发生；第二年，“一二八”事变发生。在这几年中，我们的民族危机，严重到了一触即发的程度。保定地处北方，首先经受时代风云的冲激。报刊杂志、书店陈列的书籍，都反映着这种风云。我在高中二年，读了很多政治经济学方面的书籍。我在一本一本练习簿上，用蝇头小楷，孜孜矻矻做读《费尔巴哈论》和其他哲学著作的笔记。也是生吞活剥，但渐渐觉得它们确能给我解决一些当前现实使我苦恼的问题。我也读当时关于社会史和关于文艺的论战文章。

这样很快就把我先前爱好的那些后主词、《西厢记》，冲扫得干干净净。

高中二年，在课堂上，我读了一本《韩非子》，我很喜好这部书。读了一部《八贤手札》，没有印象。高中二年的课堂作文，我都是做的文言文，因为那时的老师，是一位举人，他要求这样。

因为功课中，有修辞学、有名学（就是逻辑学）、有文化史、伦理学史、哲学史，所以我还是断断续续接触了一些古文，严复、林纾翻译的书，我也读了一些。

高中毕业以后，我没有能进入大学，所以我的古文，并没有得到过大学文科的科班训练，只能说是中学的程度。

以上，算是我在学校期间，学习古文的总结。

抗战八年间，读古书的机会很少，但是，偶尔得到一本，我也不轻易放过，总是带在身上，看它几天。记得，我背过《孟子》、《楚辞》。

你说，已经借到一部大学用的《古代汉语》，选目很好，并有名家注释。这太好了。“文化大革命”后期，我没有书读，也是借了两本这样的书，每天晚上读，并抄录下来不少。

我们只能读些选本。鲁迅反对读选本，是就他那种学力，并按照研究的要求提出的。我们是处在学习阶段，只能读些有可靠注释的选本。我从来也不敢轻视像《古文观止》、《唐诗三百首》这样的选本。像这样的选家，这样的选本，造福于后人的，实在太大了。进一步，我们也可以读《昭明文选》，这就比较深奥一些。不能因为鲁迅反对过读文选，我们就避而远之。土地改革期间，我在小区工作，负责管理各村抄送来的图籍，其中有一部胡刻《文选》的石印本，我非常爱好，但是不敢拿，在书堆旁边，读了不少日子。

至于什么《全上古汉……文》、《全汉三国晋南北朝诗》，对我们来说，买不起又搬不动，用处不大。民国初年，上海有一家医学书局，主持人是丁福保，他编了一部《汉魏六朝名家集》，初集共四十家，白纸铅印线装，轻便而醒目，我买了一部，很实用。从中，我们可以看到，很多大作家，留给我们的文集，只是薄薄的一本，这是因为当时不能印刷广为流传，年代久远，以至如此。唐宋以后，作家保存文章的条件就好多了。对于保存自己的作品，传于身后，白居易是最用了脑筋的，他把自己的作品，抄写五部，分存于几大名山寺院之中，他的文集，得以完整无缺。

唐宋大作家文集，现在都容易得到，可以置备一些。这样，可以知道他一生写了哪些文章，有哪些文体，文集中又都附有关于他的评论和碑传，也可以增加对作家的理解。宋以后的文集，如你没有特殊兴趣，暂时可以不买。

读古文，可以和读历史相结合。《左传》、《战国策》，文章写得很好，都有选本。《史记》、《三国志》、《汉书》、《新五代史》，文章好，史、汉有选本。此外断代史，暂时不读也可以。可买一部《纲鉴易知录》，这算是明以前的历史纲要，是简化了的《资治通鉴》，文字很好。

另有一条道路，进入古文领域，就是历代笔记小说，石印的《笔记小说大观》，商务印的《清代笔记小说选》，部头都大些。买些零种看看也可以。至于像《世说新语》、《唐语林》、《摭言》、《梦溪笔谈》、《容斋随笔》等，则应列为必读的书。

如果从小说进入，就可读《太平广记》、《唐宋传奇》、《聊斋志异》和《阅微草堂笔记》。这些书，大概你都读过了。

至少要读一本文学史，谢无量的《中国大文学史》，鲁迅常引用。文论方面，可读一本《文心雕龙》。

学习古文，主要是靠读，不能像看白话小说，看一遍就算了。要读若干遍，有一些要背过。文读百遍，其义自明，好文章是越读越有味道的。最好有几种自己喜欢的选本，放在身边，经常拿起来朗读。

总之，学习古文的途径很多。以文为主，诗、词、歌、赋并进，收效会大些。

手边要有一本适宜读古文的字典，遇到一些生字，随时查看。直到现在，我手边用的还是一本过去商务印的《学生字典》，对我的读书写作，帮助很大。

学习古文，除去读，还要做，做可以帮助读。遇有机会，可做些文言小文，这也算不得复古，也算不得遗老遗少所为，对写白话文，也是有好处的。

一九八一年三月二十八日

谈 美

小序

日前有西北大学研究生李君来舍下，询作品何以如此之美。余告以拙作无可谈者，过誉之词不可信。然感君远道而来，愿将平日想到有关艺术与美之问题，竭诚以告。李君别后，乃就谈话时自记提纲，条列为下文。

一

文、音、美、剧及其它，综合而称为艺术。凡是艺术，都应该是美的。艺术与美，可以说是同义语。这种美，包括形象和思想，即内容与形式两个方面，而且必然是统一的，没有美，则不能称为艺术。

二

艺术的美，是生活的再现。因此，生活是美的基础，可以说没有生活就没有美。但生活的美，并不等于艺术的美。艺术之美，是经过创造的。所以说，既是艺术家，就应该是创造美的人。

三

人稍有知识，即知分妍媸，辨善恶，而美与善连，恶与丑结，不可分割。在理学家讲，这是良知；在佛经上讲，这叫善知识。艺术上的创造，亦与此相同。

四

艺术家的特异功能，不在于反映，而在于创造。不在于揭示众口之所称为美者、善者，是在能于事物隐微之处，人所经常见到而不注意之处，再现美、善；于复杂、矛盾的人物性格之中，提炼美、善。

五

艺术家所创造之美，一经完成，即非生活中的东西，而成为“人间天上”的东西。曹雪芹所创造之林黛玉，即梅兰芳亦不能再现之于舞台。但林之形象、性格、语言，又能经常于日常生活之中，芸芸众生之中，见到其一鳞一爪。此一个性，伴社会生活、历史演变，而永生。此艺术之可贵，亦艺术之难能也。

六

必经创造，才能产生艺术之美。凡单纯模拟自然、模拟生活、模拟人物、模拟他人之作品，皆不能产生艺术之美，亦不得称为创作。

七

然艺术家必须经过模拟之阶段，实即观察、体验之阶段。天下未有不经过此阶段，而成为艺术家者也。观察愈细，体验愈深，则其创造成功之可能性愈大，其艺术成就亦愈高。

八

任何艺术，都要先求形似。此为初级阶段；然后，再求神似。神形兼备，巧夺天工，则为高级阶段矣。然非人人皆能达到也。

九

人皆知爱美，而艺术家对美的追求、探索，尤其强烈、执著，不同于一般。有的且近狂热，拚以身命，以求美之发挥。具备此种为美献身之狂热精神者，常常得成为艺术家。

十

美不是静止固定的东西。凡艺术，皆贵玄远，求其神韵，不尚胶滞。音乐中之高山流水，弦外之音，绕梁三日，皆此义也。艺术家于生活静止、凝重之中，能作流动超逸之想，于尘嚣市声之中，得闻天籁，必能增强其艺术的感染力量。

十一

所谓美学，即研究艺术美之学，不能离开艺术。美学属于哲学范畴，是哲学一个门类。它不是艺术现象的琐碎研究，而是探求美在创作实践中的规律。

十二

哲学是艺术的思想基础，指导力量。凡艺术家，都有他自己的根深蒂固的哲学思想，作为他表现社会，展示人生的基础。这就是一个艺术家或作家的人生哲学。

十三

作家的人生哲学，非生而知之，乃后天积学习、经历、体验而得。有的乃经过人生之一劫而后得之，《红楼梦》作者是也。虽经一劫，然又不失其赤子之心，反增强其祝福人类、改良社会之热诚与愿望，托尔斯泰是也。即使其哲学思想，并非对症之良药，然其真诚的无私之心，追求善美之勇，不可忽视。至于其艺术形象之美，婉约曼丽，容光照人，则更不能忽视之矣。

十四

美既是现实，也是理想。艺术所表现者，则为现实与理想之结合。古代美术之美，多与宗教理想相结合，然细观之，亦与社会理想相结合也。

十五

艺术与社会风尚、社会伦理、社会道德，关系至巨。凡为人生而努力的艺术家，无不注全力于此。美即真与善之结合，无真诚，无善念，尚有何美可言？故历来艺术家，多是在人伦道德上，富有修养的人。虚伪者，或能取巧于一时，终不能成为艺术家。

十六

艺术中表现之伦理道德，非说教也。艺术家长期作艺术技巧的习练，至于成熟；对人生社会，又作长期之观察、思考，熟虑于心。然后两相结合，得成为艺术。以艺术之力，感染人心，既深且永，故谓之潜移默化。

十七

艺术家创造出美的形象，以之美化人类的心灵，使之向善，此即谓之美育。中国古代，即知以艺术教化人民。最初注重音乐、诗歌，以后泛及戏剧、小说。“五四”前后，蔡元培先生提倡美育甚力，社会风靡从之。然此旨后不得继。学校偏重智育，音乐美术之课，形同虚设。美育废弛，必然影响德育。

十八

凡能创造美的艺术家，其学习起点必高。所见所习者既高，因此能对唐俗下流者，不屑一顾。如起点甚卑，则易同流合污矣。现代一些老的艺术家，其起步多在三十年代之初，师承鲁迅现实主义之教，投身中国革命洪流，根柢甚厚。其积累之经验，可为后代言传身教者，当亦不少。

十九

凡拈花惹草，搔首弄姿，无病呻吟者，虽名为艺术家，然究不能创造真正的美。吟风弄月，媚悦世俗，皆属于东施效颦之列，因其不得国风之正也。

二十

凡虚张声势，大言欺人，捏造事实，迎风而上者，虽号称艺术家，亦不能创造真正之美。以其乃吹气球、变戏法的技巧，实非艺术的技巧也。

二十一

艺术家必注重艺术情操的修养，然后才能创造出美。艺术情操的修养，包括道德修养以及对国家、民族、时代的热诚和责任感。无此热诚及责任感者，终不能成为真正的艺术家。

二十二

要想成为真正的艺术家，在其学习创作之始，就要力求表现高尚的东西，即高尚的人物及其思想。投身革命的、进步的潮流之中，熏陶而锻冶自己的思想感情，以期与时代及人民，亲密无间。

二十三

美有个性，美有品格。凡艺术，除表现时代、社会的风貌外，亦必同时表现作者的品格、气质、道德的风貌。

二十四

凡艺术家，长期积累之后，乃进行创作。创作之时，全神贯注，与作品中人物形随神交，水乳交融，就可能创造出美的境界。但当时他所注意的只是真不真，并没有考虑美不美。美乃自然形成，非有意造作，以炫耀于观众也. 至于一些对文学作品的赞美之词，“如诗如画”，“行云流水”等等，乃出自后来读者之口，非作者写作时有意追求也。凡创作之前，先存“造美”之念者，其结果多弄巧成拙，益增其丑。

二十五

凡艺术，乃人为之功，非天才之业也。投机取巧者，可以改弦易辙矣。

一九八二年二月十六日下午改讫

谈　比

古代刑律，最讲究比。就是说，判刑定罪，除去对照法律条文，还要和过去的旧例成案相比，一丝不苟。四部丛刊中有一本书叫《棠阴比事》，就是编辑了很多案例，成为一本名著的。

有些事物好比，一比也确实可以说明问题，说服群众。比如运动员比赛，一球之差，一秒之别，裁判员据实宣告，百万观众，都会点头承认，鸦雀无声。

但文章一事，涉及意识形态，奥妙无穷，千变万化，众口纷纭，莫衷一是，要想比出个结果，使观众心服，就不是那么容易的事。

然而，比之一事，还势在必行。古代以科举取士，凭的是三篇文章。文章不好评比，于是想出一个办法，把文章规格化，定为八股，一股一股去比，这就简单多了。但还是不断出问题，看卷的把他选好的卷子交上去了，主考不同意；或主考把名次奏上去了，皇帝又不同意。只好另来。从废弃的卷中重新挑选呈上，这叫“搜落卷”，有时倒一举得“中”了。

所以说，这种比法，实际上也是碰运气，靠不住的。但人们还是“认认真真”地去对待。秋闱之中，有座师——就是看初稿的人；有房师；有主考。士子得中之后，都把他们尊为恩师。而这些人也真居之不疑，坐在家中，等候谒拜，并热情地招待这些从来也不认识也没有帮过一点忙的门人。此后，如果双方都官运亨通，这种特殊的关系，还可以维持很久。

那时考场生活，是很苦也很惨的。蒲松龄写得最具体生动不过了。且不说一临考期，妻子为预备考具饭食，父兄送考接考，等候捷报，坐立不安。士子们关在那“棘闱”里面，有的呕吐，有的腹泻，有的打摆子，狼狈不堪言状。但一旦得中，就自称是三场得意，文战告捷，友朋祝贺，家人为荣。真是天晓得，是在以文战，还是以命运战。

科举制度的流风所至，人们对文章一事，也就好比，甚至对作家，也好比。这就是鲁迅晚年所惋叹的：鲁比郭如何，郭又比茅如何的，嘁嘁喳喳之徒们的爱好。

文艺作品是不好比的。主题相同，题材相同，还可以进行比较——其实也难，如风马牛不相及的作品，比其高低，就很困难了。你说《红楼梦》好，还是《水浒传》好？当然有人可以冲口而出，因为两部书都好。但那也只是个人的爱好，不能成为科学的评定。

此外，小说方面的“超越”一说，作为鼓励之辞，无可厚非，认真一想，也很难办。这么多年了，不只《红楼梦》没有人能超过，一部《西游记》，也没有人能超过。甚至像《老残游记》这么一部并非赫赫之书，也没有人能超过。没有超过，并不是说这么些年，没有天才，没有人才。历史条件不同，所写生活不同，作家素质、文艺观点、修养都不同。所写作品，与前人不好比，因此也难谈超越。任何时代，都可以产生后人不能超越之作。何必定要在一条线上去超越前人？《阿Q正传》，我看垂之千万年，也是不能有人超过的。

不只小说，凡是真正伟大的艺术品，都具备不朽的，不能超越的特质。

一九八二年五月三日大风，不能外出，

成短文二，四日晨起改讫。

谈名实

世界上有些事，名实不相当者甚多。有时乍一听也有道理，仔细一推敲又没有道理。这是因为名实之间，常有很大距离之故。

小说亦然。就先说作者吧，几十年以前，我写过一篇文章，题目叫做《论培养》。只看题目，就知道是说作家可以培养得之，或有人培养者得成材器。过了几十年，我明白了很多事理，认为这样说法，不合乎实际，就又写了一篇小文，题目是《成活的树苗》。说明作家成材与否，全靠自己，培养一说，不大科学。但似乎并未引起注意，有很多人还在因袭旧说。

中国自古以来，就有“栽培”一词，比如看旧戏旧小说，就常见下僚对他的上级说：“全靠大人栽培”。栽培也就是培养，难道有什么错吗？其实，那只是一句客气话，讨人喜欢的话，并不能认真。

这两个字，以植物学解释，自然说得通。但：植物之成长，也主要是靠自然条件，例如土壤、水、阳光。多么辛勤的农夫，也不会自认是阳光雨露，如果那样，他就是狂人。但是，如欲植物长得好，当然亦需人工，即栽培。

在文艺上，问题就复杂得多了。一位好的小说作者的产生，可以说是国家培养、社会培养，也可以说是时代培养。因为这是就大政方针方面立论，无可争辩。一涉及到人事上，就应该名实相副。

比如说一位文艺刊物的编辑（我有两篇文章，都是谈的编辑），对于一位作家，无论有多少费心之处，充其量也只能说是帮助，还说不上是培养，一位评论家，对一篇小说，无论你的评论，多么及时，多么正确，其作用也不过鼓吹助兴，也谈不上栽培。

这里并不是贬低编辑或评论家的职责及其作用。老实讲，做到这样，已经很不容易了，不然为什么有人竟把“培养”一词，送到你的名下呢。

一树、一禾、一花，立于天地之间，其成活生长之机半，其夭折死亡之机亦半。其初生也，茕茕孑立，风摧之而雹毁之，洪水涝之而干旱蒸之。成材或不得成材，成活或不得成活，除自然恩赐之外，自然也不能与人事无关。就不用说，当干旱之时，你引水浇灌，当风霜之际，你设屏障护卫。就是你旁观侧立，不乘他人之危，效流氓之砍伐，顽童之削割，对于一株植物来说，也算是恩高德厚，终生不能忘怀的了。

然而，小说的作者，又究竟不同于植物。他可以思想，也可以行动，可以进取，也可以退却。他生存于世间，浮沉于社会。他是靠自己生活的根柢，思想的高度，观察的能力，情操的修养，来完成他的作品，来完成他的使命的。别人对于他的影响，较之他自己须作的努力，即奋斗不懈，百折不挠，深思熟虑，规模宏远，不为名利所摧折，不被荣辱所埋没……就微乎其微了。

这一篇，也可以说，就是我要写的《再论培养》。

一九八二年五月

佳作产于盛年

久居闹市，散步为难。时值春暮，偶有郊游之兴。至一桃园，与技术员交谈，得知该园桃树移植已五年，正处于结果期，再数年，才到盛果期。闻之若有所悟。

回到家中，默默一想：桃子吃了多年，从没有想到它是什么期生长的。管理桃园的人，是很盼望桃树的盛果期到来的。任何事物，都有一个盛果期，文艺创作也不例外。

又进一步想：鲁迅写《阿Q正传》，可以说是在他小说方面的盛果期；茅盾写《子夜》，是在茅盾的盛果期。一个作家，当他已经有了一定时期的准备，例如生活积累的准备，社会经验的准备，思想意识的准备，文艺修养的准备，大概他的年龄，也就到了壮年。在这个年龄，创作出不朽之作，当然可以称之为盛果期了。

任何事物，当其盛年之时，都是令人羡慕的。生物尤其如此。草木之盛年，就不用说了。盛年男女，即一个人的全盛阶段，其在形体上，仪态上，思想上，感情上，可以说都达到了成熟、繁茂、热烈的极点，也最富于战斗、追求的信心和勇气。人到壮年，青年时的主观幻想，已经与客观世界逐步融合，并形成自己的社会观和世界观。他们的艺术技巧，经过前一阶段的锻炼，也逐渐成熟，正好用来表现他们所迫切要表现的社会现实。

人的盛年期，是他在生活上、事业上的鼎盛之期，文艺工作，自不能例外。但绘画书法，何以越到老年则越成熟呢？绘画书法偏重技法，故能老而不衰。小说则不然。小说的生命，在于作家用他的世界观，对现实生活的观察反映。不幸的是，一个作家的世界观，到了晚年，常常变得消极甚至虚无。

旧日的小说家，到了晚年，常常对人生作出消极的判断。他们认为只有在青年朦胧之期，才有向往，才有追求，才有创造。人到晚年，就好像捅破了糊窗纸，洞彻了人生的奥秘。法国一位女作家说：人之一生，并不像你所想的那么好，也不像你所想的那样坏。托尔斯泰晚年，对人生得出的结论是：奋斗一生，所需不过六尺之地。就像海明威那样富于幻想、战斗、冒险的作家，最后竟以毁灭自己，作为人生的结论。以这种思想作基础，写出的作品，其意义常常就不及盛年之作了。而青年期之作，则又富于幻想，常与现实相违。所以说，小说佳作多产自壮年。托尔斯泰的创作生活，持续得最久，但最受欢迎，最有社会意义的作品，也产自他的盛年之期。

这只是就一般而言，具体情况，也因人而异。有的人一生华而不实，虽届壮年，也在盛产，而终无佳作。有的人，虽已具备产生佳作的条件，而以客观原因，失去了这一机缘。虽有这些情状，但我仍然认为：人的一生之中，青年时容易写出好的诗；壮年人的小说，其中多佳作；老年人宜于写些散文、杂文，这不只是量力而行，亦卫生延命之道也。

一九八二年五月五日上午

小说与青年

小说与青年，有千丝万缕的关系。其主要关系，就是花钱买小说看的，绝大部分是青年顾客。鲁迅是摸清了这个底的。他的小说，那时印一次，也不过一千来本。他就说过，卖点书，全靠挤挤青年学生的腰包。

这是就经济基础来说，就意识形态来说，小说与青年的关系，就更密切了。

青年人正处在有为之年，也是富于幻想，勇于探索之年。对于世界、社会、人生，他们的热情，他们的追求，是无穷无尽的，无止无休的。而小说正是这种狩猎的场地，青年人剩余的时间、精力，都愿意投掷在这上面。

青年人心目中，有各式各样的问题，各式各样的憧憬，他们希望在小说中，找到答案，找到目标。

青年人的思想是开放的，是先进的，能够引导他们的思想和活力的小说，对他们关系至大。如果夸大一点说，这种关系，到头来常常能影响青年人的世界观，社会改革和时代前进的方向。

“五四”时代的民主科学思想，反封建的思想；“十月革命”以后的社会主义思想，阶级斗争思想，“九一八”以后的民族解放战争思想，都曾经以小说为途径，教育和引导了中国广大的革命青年。

从青年中间产生的小说家，也是各个时代的主要作家力量，是文学刊物的中坚。历史上著名的文艺刊物，如《小说月报》、《创造月刊》、《萌芽》、《北斗》、《文学月报》、《现代》、《文学》、《中流》、《作家》……都是以刊载青年作家的作品为主。他们的作品，是压倒一切的，无可争锋的。要办刊物，要想卖钱，没有代表当时进步思想的青年作家的作品，是行之不远的。

就像大书店大报馆办的综合杂志，末尾都附一两篇文艺作品，如商务的《东方杂志》，中华的《新中华》，开明的《中学生》，北新的《青年界》，《大公报》的《国闻周报》，《申报》的《申报月刊》，都以稳健著称，也必须选登革命青年作家的作品，以广招徕，表示进步。其威力之大，影响之广，回忆一下三十年代的出版界，印象是很清楚的。

青年人身处生活漩涡之中，对任何现实，各种事物，都是最敏感的，最关心的。他们的作品能与广大青年读者的思想感情相通，也能迅速反映时代的精神，国家的命运。这不是老一代作家所能与之抗衡的。

当然，每一时代，并不是所有的青年作家，都能代表前进的力量；也不是每一个青年作家，都能够达到艺术上成功。

正因为如此，对青年作家的政治、思想引导，是个重要的问题。老年作家，如果行有余力，最好做些文艺刊物的编辑工作，但最好不要当只挂空衔的主编。

一九八二年六月廿七日上午

小说与历史

人至老年，心力有限，则多务实，少幻想，失野心。在读书时，也愿读些有根有据的东西，例如历史文献、各朝实录之类。不愿再读小说。

当然，历史与小说，是两码事。历史以史实为主，小说以才情为主。历史兼有才情者，不过《史记》、《汉书》。欧阳修虽富于才情，但他所修史书，实在难与班马争锋。小说兼有史实者，在中国较多，自《三国演义》以来，汗牛充栋。但佳作绝少，多半只能称做通俗演义小说。

历史较小说，多可信之处，也不过相对而言。有些记述，经历了千百年，已无法与当时实事相对证，大家只好认其为信史。不然，岂不成了历史虚无主义？班固的《汉书》，史之上乘，文才史才，互不相掩，而且相映生辉。他的文章中，多形象描写。人物生动，如在目前，语言对话，透露感情。虽小说亦难达其极致。如在韩信传记里，所述韩信倒霉后情状：

信知汉王畏恶其能，称疾不朝从。由此日怨望，居常鞅鞅，羞与绛、灌等列。尝过樊将军哙，哙趋拜送迎，言称臣，曰："大王乃肯临臣。"信出门，笑曰："生乃与哙等为伍！"……

后陈豨为代相监边，辞信，信挈其手，与步于庭数匝，仰天而叹曰："子可与言乎？吾欲与子有言。"豨因曰："惟将军命。"

这样的文字，这样的描述，你说是历史，还是小说？

后人写历史小说，把这一情节采纳，不会像我照抄原文，一定加以演义——即延长，添加其他枝叶。其结果，是画蛇添足，味道会冲淡很多。读者还是选定历史，放弃小说吧。如果作家高明，只是源源本本，把这段文字，译为白话文，写进小说，那就又谈不上是创作。

类似这样的文字，《史记》里也有很多，写得尤其有声有色。有时，我也怀疑，这样的材料，司马迁和班固，是从何处得来呢？我们可以设想：一是故老传闻；二是国家档案，包括审问、证词，别人交代的材料；三是史家推情度理，想当然之词。第三点是应该排除的，因为如果是那样，这两本著作，还能够称做史书之冠首吗？

司马迁和班固，都是世袭的史官，家里存有大量原始材料。他们精心选择、剪裁，并把自己专诚的心血投入进去，完美地表现历史人物的实际，因此得到了这样高的文字效果。这是比较客观的结论吧？我们也只能做出这样的结论。

史书是历史现实的再现，现代小说是时代生活的再现，写法不同，而作家所作的准备，专诚和热心，是一样的。

历史小说最难写好。太泥古，就只能是连缀故事，铺排典章。如剪裁取舍得当，仍可不失历史真实。如任意挥洒，借古讽今，则易与历史失之千里，不能古为今用，成为不今不古之物。

历史真实，难以在小说中再现，当今时代的面貌，就那么容易描绘吗？也不是的。几十年来，我们常常听到，用“史诗”和“时代的画卷”这样的美词，来赞颂一些长篇小说。作为鼓励，这是可以的。但真正的“史诗”和可以称为画卷的作品，在历史上是并不多见的。中国自有白话小说以来，当此誉而无愧者，也不过《红楼梦》八十回，《水浒传》七十回而已。

有些小说，当时虽然受到如此高昂的称颂，但未隔数年，不满十载，已声沉势消，失去读者。其原因是多方面的。或因政策过时，理论失据；或因时过境迁，真假颠倒；或因爱憎翻变，美恶重分。总之，那种“假作真时真亦假，无为有处有还无”之作，就从史诗和画卷的宝座上跌落下来了。

一九八二年六月二十九日

文林谈屑

一

前不久，见到一家报纸，登了启事。大意是说，他们的报纸，是作协的机关刊物，领有该处主管部门的出版许可证，却被某省邮局，列入非法小报，予以没收，为此提出抗议。看后哑然失笑。因为这家理论刊物，理论登得不多，却接连不断登载“通俗小说”，这些小说给我的印象，并不大好。邮局扣留，也算是事出有因吧。

作协办的，有许可证的，也不一定就都是“大报”。

二

有的文学刊物，改名不到一年，又要改换名称了。去年，刊物换名之风甚盛，一般是换为“某某小说”或“小说某某”。那时小说的销路好些。有的刊物初改名，销路确是上去了千把份，但不到几期，就又掉回原数。如质量不提高，改头换面，究竟不是长远办法。而改来改去，尤其不像话，有失体面。什么买卖，也得讲究货真价实，只换门脸招牌，解决不了问题。

三

据说，在通俗小说中，公安小说，销路一直不错。有几家这样的刊物，生意兴隆，主办的人，也兴致勃勃。这种小说，古时称做公案小说，外国叫做侦探小说。当前有的叫案例小说，侦破小说，法制小说，其中都有犯罪行为，而以桃色案件为多。

有一家这样的刊物，约我写篇文章，我久久未能应命。原因是，我的想法，和他们的刊物，恐有抵触。

我以为读书兴趣，虽有人认为是一种消遣，其实也是一种社会心理的表现。社会心理就是社会意识。目前这类小说，就其内容来看，有些不一定能够达到宣传法制，惩恶劝善的目的。恕我直言，有的作品，甚至与这一目的南辕北辙。有不少的人，喜欢看这类作品，是很值得我们思考的。

四

一家刊物提出的“同名小说”，是越写越不带劲了。可还有别家刊物在模仿。模仿别人，在平常日子，也被认为是一种不高明的举动，在提倡勇于创新的时代，却常常走别人的脚印，这是什么道理？

前几年，提出“问题小说”，有作品，有理论，热闹了一阵。现在又在大办“小说唱和”，以为只要是名家出面，再弄些花色，刊物就可以多销，且看结果吧。刊物既是商品，买主就要看看，是否货真价实。

五

听说各地新华书店积压的武侠小说太多，卖不动了。国家出版局也在警告：纸张全叫这类书占去，好书出不来了。给人的感觉，是晚了一步。早一点抓就好了。

事到如今，也听不到什么地方开会赞扬通俗文学了。那些理论家在会议上，胡乱吹捧了一阵，看见行情不妙，就又改写别的文章，吹捧别的新事物去了。才热闹了几个月，这股新浪潮就灯火下楼台，冷落了下来。不知这些积压的书，如何处理，经济效益又由谁人负责？

几个月前，风起青萍之末，一哄而来，致使一些敏感的理论家，认为是新的文学崛起。崛起得快，败露得也快。

六

又是三十年代。那时，就是一些皮包书店，野鸡书局，偷版漏税，也是出版一些对读者有益、有用的书，甚至革命的书，大书局不敢出版的书。没有听说谁家专印坏书、无聊的书以欺世获利。鲁迅与北新书局为版税，发生纠纷。鲁迅有一次对人说：李小峰不好好办书店，却拿出钱来，去办织袜厂。先生这话，是有些苛责了。北新书局还是印了很多好书，如果开列一个书目，那是要使当前的一些出版社，相形见绌的。如果是指该书局不按期给作家版税，自当别论。开袜子厂，是没有错的。书是人民需要，袜子也是人民需要，属于国计民生，至少是有利而无害的。

不久前，有些出版社，拿出大量资金，消耗大量纸张，去印无聊的，低劣的，甚至黄色有害的通俗小说、武侠小说。竞相仿效，你追我赶，一印就几十万册。书店也争相订货，书店几乎成了通俗小说专卖市场，形成“无侠不订货，无案不代销”的局面。其结果，流毒难以清算，这比起开办袜厂，问题就复杂得多了。

开书局，办出版社，总得有些识见，总得为文化事业着想吧，为什么会弄成这个样子？也是不讲协调，不按比例办事的结果吧。

七

现在，妇女为了戴耳环，又在纷纷穿耳。自残身体，以求美观，本是一种原始举动，在多少年前，就反对掉了，现在又成了时髦，真是奇怪。从国外贩来的洋人估衣，不知道是死人穿过的，还是病人穿过的，现在也成了时髦货。青年人穿在身上，走在街上，去跳舞，去求欢，就不怕贻笑大方，传染细菌吗？

翻开一本文艺理论刊物，其中有些理论；翻开一本介绍外国小说的刊物，其中有些篇目，也给人以外国估衣的印象。理论是用新鲜名词作装饰，小说是用标题刺激读者。

八

读了两篇小说，是写人的原始本能的。就是把人物放在一种近于绝望的环境里，让他作本能的表现，互骂，互打，互咬。问了一位小说编辑，他说这种写法，还有一种理论。可惜我忘记了那个新名词。我看的这两篇，只能算是模仿，还不能算是创作。外国小说中，有不少是写人的本能的，当然其中也有高下之分。三十年代介绍来的，苏联拉甫列涅夫写的《第四十一》，在当时是很有名的。我记得育德中学的图书管理员，一次在大会上讲演，就是讲的这篇故事，全场哄动。小说写一个红军姑娘和一个白军军官，在孤岛上相爱，一到救生船来，才各自意识到了本来的阶级。如果是在那些年，会有人说它是人性论或阶级调和论的。但这篇小说，在苏联好像一直平安无事，就因为它有那个不可动摇的结尾。

我读的这两篇小说，时间，环境观念不清，不知是发生在什么年代，什么特定的环境。只是写人的类似动物的本能，写人物的幻想、梦境，也是仿效外国小说的。

创作与模仿，怎么看得出来？创作的色彩是鲜明的，而模仿的东西，常常是模糊的。创作有作家自己的生活根据，而模仿只是根据作家读书的印象和得出的概念，经不起推敲，又谈不上创作的个性。

九

前几天，读了一篇理论文章，谈到鲁迅写的《故事新编》。

鲁迅的《故事新编》，就其历史知识，文学手法，哲学思想来说，都不是轻易就可以否定，更不是轻易就可以超越的。至于他当时为什么写这个，这就很难说了。因为，我们距离鲁迅所处的时代与环境，究竟是生疏了。对于当时鲁迅的思想和心情，如不设身处地，为逝去者着想，更难得其要领。

单就小说而言，自然是鲁迅初期的创作，更有现实意义，更与时代的脉搏相呼应。但如就杂文而言，则鲁迅死前之一日，其作品仍为革命文艺中最现实的。他的心，他的血液，正接连多灾多难的祖国的呼吸。他的一言一动，成为那一时代，对青年最有号召力、吸引力的号角之声。这一点，就是当时的革命作家，也都甘拜下风，尊为前导，后之来者，就不用多谈了。

现在，有些人对鲁迅的作品，抱冷漠态度，这原因很复杂，是多方面的。十年动乱，把鲁迅奉为主神的陪坐之神，强拉知己，无限制地印刷其著作，并乱加驴唇不对马嘴的解释，引出反作用，是原因之一。

鲁迅初期的创作，确是勇于借鉴西方的东西，以丰富自己。但是，他的借鉴，是通过外国文学的革命的或进步的内容，涉及其形式与技巧。这一立场，直到他死前，所办《译文》仍为主流。其间着力介绍弱小民族战斗作家之作，是与祖国当时的处境，息息相关的。对于批判现实之作，也多有介绍。总之，以为鲁迅借鉴外国，只是追求创作的“现代化”，那是无稽的瞎子摸象之谈。

鲁迅的《故事新编》，也并非都是晚年的作品，其中有的还是他早年之作。一个作家的着力点是多方面的，就是他那战斗的主要方向，也不能不受个人生活经历的影响。一些寓言、讽喻之作，一些看来短小、无意义之作，在每个大作家的文集中，都有录存。因为对作家本人来说，这些作品，仍是关系其一生的重要资料。

鲁迅一生，虽战斗姿态凌厉，但对待文学创作，则非常谦虚谨慎，从未自放狂言，以欺世盗名。

十

近来一些文艺评论，唯心主观的色彩加重了。有些虽谈不上什么哲学思想，但在文字上，编造名词，乱作安置，把文艺现象，甚至创作规律，说得玄而又玄，令人难以索解。层次呀，结构呀，转化呀，渗透呀。本来是很简单的东西，一两句就可以说清楚。叫他们一说，拐弯抹角，头下脚上，附会牵强，连篇累牍，说个不完。这种文章，貌似很新鲜很洋气，很唬人，拆穿来，除去新名词，并没有什么新鲜货色。不过把过去人云亦云的道理，变个说法，变个道道而已。此风已影响到文艺教学，那些讲义，有很多是废辞，使学生越听越糊涂。

经过很多人的努力，经过很长一个过程，我们的文艺理论，才逐渐克服了欧化、生硬、空洞、不通俗、脱离实际种种毛病，现在又有旧病复发之势。再加上哲学思想，逻辑概念上的混乱，有很多文章，实在是叫人读不下去了。

与之相呼应的，是创作上的所谓“现代化”。脱离现实，没有时空观念，动物本能描写，性的潜意识，语言粗野，情景虚幻。这样的文艺作品，中国人是不习惯的。对于现实，对于人生，都不会有好处。却为一些作家所热中，所追求，为一些评论家所推崇，所赞赏。也不知是何道理。

一九八五年九月二十七日

谈作家素质

近年来，有些人给我提问，讨论文学创作上的问题，多数是人云亦云，泛泛不切实际，引不起我的兴致，就没有回答。我觉得你是个认真读书和认真思考问题的人，如果我不谈谈，对你所提问题的看法，是会辜负你的良好用心的。但是，我很久不研究这些问题了，谈不出什么新的东西，恐怕使你失望。

一

先谈些与作家素质有密切关系的文学现象：

人物，或者说是人物形象，无论怎样说，在小说中是很重要的，尤其是中篇、长篇。人物与故事情节，是小说区别于其他文体的两大要素。

这是就文体形式而言，如果谈创作，那就复杂得多了。

通过故事表现人物，或通过人物表现故事，作为文学，是一个创造过程。人类的创造过程，都是以他所生活的时代和环境，作为创造的对象和根源。但我们研究一部文学作品的时候，不能忽视作家主观方面的东西。即他在创造故事和人物时，注入到作品中的，他自己的愿望，他本身的血液。人物是靠作家的血液孕育和成长的。没有主观的输入，作品中的人物，是没有生命的，更谈不到丰满。

这一事实，虽为历代伟大作品所证实，但并不是每一个时代，都会有这样的作品产生，也并不是每一个懂得这种规律的作家，就可以轻而易举地完成这样的作品。

是的，在人物身上，注入作家自己的愿望，很多人都在这样尝试了，他们的作品，有的不但没有成功，反而成了概念说教的东西。这种作品，比起成功的作品，为数要多得多。

创作的复杂情况就在这里。多少年来，我们过分强调了客观的东西（其实是强调了主观的东西），固然对创作有不利之处，束缚了创作。但像今天，有些作家所实践的，过分强调主观的方面（其实是强调了自然的方面），成功的希望，反而更觉渺茫了。

近五十年来，我们的文坛，不只一次地发问：为什么没有伟大作品的产生？并不断有好心的人预期，我国历史上的伟大作家，即将在我们这一代出现。直到今天，大家仍然在盼望着。这就证明：产生不产生伟大作品，并不是一个单纯的理论问题，或认识问题。

究竟是一个什么问题，说法不一。我认为健全和提高作家素质，是一个重要的方面。从历史上看，伟大作品的产生，无不与作家素质有关。

二

时代精神，社会文明，作家素质，是能否产生伟大作品的系列关键。只有伟大的时代，并不一定就能产生伟大的作品，这也是历史不只一次证明了的。社会意识，社会风尚，对创作的影响，有决定性的意义。社会文化、道德标准的高低，常常影响作家的主观愿望，影响作家的思想、艺术素质。

文学作品中的人物形象，不只有艺术高下的分别，也有艺术风格上的区别。就是那些文学名著，其中形象虽然都可以说是写活了，很丰满，长期为读者喜爱。其形神两方面，还是有很大差异的。以中国长篇小说为例：《三国演义》里的人物，形似多于神似；《水浒传》里的几个主要人物，可以说是形神兼顾；《红楼梦》里的人物，则传神多于传形。以上是指文学上乘。如就低级小说而言，《施公案》中的人物形象，本来谈不上丰满生动，但因为有很多人喜欢公案故事，好事者把它编为剧本，搬上舞台，黄天霸这一类人物，不只有了特定的服装，而且有了特定的扮演者，遂使家喻户晓，深入人心，经久不衰，成为最大众化的形象。这就不能归功于小说的艺术，而应看做是一种民风民俗现象。但做到这样，实已不易。今之武侠作者，梦寐以求，不能得矣。

时代不同，社会变化，作家素质的差异，创作能力之不齐，欣赏水平之千差万别，形成了艺术领域的复杂纷乱的现象。曲高和寡，死后得名；流俗轰传，劣品畅销；虚假的形象，被看作时代的先知先觉；真实的描写，被说成不是现实的主流。

于是有严肃的作家，有轻薄的作家；有为艺术的作家，有为名利的作家。既为利，就又有行商坐贾，小贩叫卖。这就完全谈不到艺术了。

任何艺术，都贵神似。形似固不易，然传神为高。师自然，不如师造化。

人物形象，贵写出个性来。个性一说，甚难言矣。这不只是生物学上的问题。先天的因素和后天的因素，盖兼有之。后天主要为环境、教养和遭遇。高尔基以为要写出典型，必观察若干个类型之说，固然解决了一个大难题，然也只能作为理论上的参考。一进入创作实践，则复杂万分。例如同一职业，与生活习惯有关，与性格实无大关系。大观园中之小女孩，同为丫头，环境亦相同，而性格各异，乃与遭遇有关。

三

现在，流行一种超赶说，这些年超过了那些年。这种说法是不科学的，不符合艺术发展规律。举个不大妥切的例子：抗日时期的文学，你可以说从各方面超越了它，但它在战争中所起的作用，或大或小，都不是后来者所能超越的。没有听说过，《楚辞》超过了《诗经》，唐诗超过了《楚辞》。在国外，也没听说过，谁超过了荷马、但丁。每个时代，有它的高峰，后来又不断出现新的高峰。群峰并立，形成民族的文化。如以明清之峰，否定唐宋之峰，那就没有连绵的山色了。

这里说的高峰也好，低峰也好，必须都是真正的山：植根于大地之内层，以土石为体干，有草木，有水泉。不是海上仙山，空中楼阁。有的评论家常常把不是山，甚至不是小丘的文学现象，说成是高峰。而他们认为的这种高峰，不上几年，就又从文坛上销声敛迹，踪影不见了。这能说是高峰？有时在年初，无数的期刊，无数的评论都在鼓噪吹捧的发时代之先声的开创之作，到年底，那些曾经粗脖子红脸，用“就是好，就是高”的言词赞美过它的人们，在这一篇目面前，已经噤若寒蝉，不吭一声。很多人也并不以此为怪事。这是因为大家对这种现象看得太多了，已经习以为常。

现在，有很多文章，在谈名与实。其实，自古以来，名实二字，就很难统一起来，也很难分得清楚。就当前的文学现象而言，欺骗性质的广告，且不去谈它。有些报道、介绍，甚至评论文章，名不副实的东西也不少。你如果以为登在堂堂的报刊上的言词都属实，都是客观的，那就会上当。

四

要正确对待历史文化。原始文化之可贵，在于它不只是一个艺术整体，还是这个民族的艺术培基。此后出现的群峰，也逐个起着继往开来的作用。

原始文化是单纯的，没有功利观念的，不受外界干扰的。《诗经》以兴、观、群、怨的风格，奠定了中国文艺的基础。这个基础是可贵的，正确地揭示了文艺的本质及其作用。

唐诗是有功利的，据说诗写得好，就可以做官。唐朝的诗人，有很多确实是进士。当时的诗，也很普及。根据白居易的叙述，车船、旅舍，都有人吟诵。居民把诗写在墙壁上，帐子上，甚至有人刺在身上。在如此普及的基础上，自然会有提高，出现了那么多著名的诗人。

五十年代，我们也曾开展过一次群众性的诗歌运动。声势之大，群众之多，当非唐时所能及。但好像没有收到什么效果。原因是只有形式，没有基础。作者们的素质薄弱。

好的作品，固有待作家素质的提高，但社会的欣赏水平、趣味，也会影响作家的成长。

鲁迅说，“五四时代的小说，都是严肃认真的”。这不只是指作家对现实的认真观察，也指创作态度。那时期的小说，今天读起来，就像读那一时期的历史，能看到现实生活，人民的思想状态，感情表现。一九二七年以后的小说，在现实的反映上，主观的东西增多了。但作者们革命的心情，是炽热的。公式概念的作品也多了，但作者们的用心，还是为了民族，为了大众的。解放区的小说，基本上接受的是“左联”的传统，但在深入生活，接近群众，语言通俗方面，均有开拓。

研究或评价一个时期的文学，要了解这一时期作家的素质。除去精读这一时期的作品以外，还要研究这一时期的历史，它的社会情况，它的政治情况，即作家的处境。脱离这些，空谈成就大小，优胜劣败，繁荣不繁荣，是没有多少根据的。这只能说是表面文章。从这类文章中，看不出时代对作家的影响，也看不出作家对时代的影响。特别是看不到这一时期的文学，与前一时期文学的关系及其对后来文学发展的影响。

五

小说成功与否，固然与故事人物有关，但绝不止此。除去文字语言的造诣，还有作家的人生思想，心地感情。这种差别，在文学中，正如在社会上一样，是很悬殊的。培养高尚的情操，是创作的第一步。

社会风气不会不影响到作家。我们的作家，也不都是洁身自好，或坐怀不乱的人。金钱、美女、地位、名声，既然在历史上打动了那么多英雄豪杰，能倾城倾国，到了八十年代，不会突然失去本身的效用。何况有些人，用本身的行为证明，也并不是用特殊材料铸造而成。

革命年代，作家们奔赴一个方向，走的是一条路，这条路可能狭窄一些。现在是和平环境，路是宽广的，旁支也很多，自由选择的机会也多，这就要自己警惕，自己注意。

一些人对艺术的要求，既是那么低，一些评论家又在那里胡言乱语，作家的头脑，应该冷静下来。抵制住侵蚀诱惑，并不是那么容易的事，尤其是青年人。有那么多的人，给那么低级庸俗的作品鼓掌，随之而来的是名利兼收，你能无动于衷？说句良心话，如果我正处青春年少，说不定也会来两部言情或传奇小说，以广招徕，把自己的居室陈设现代化一番。

有的人，过去写过一些严肃的现实之作。现在，还可以沿着这条路，继续写一些。也可以不写，以维持过去的形象。但也有人，经不起花花世界的引诱，半老徐娘，还仿效红装少女，去弄些花柳胡哨的东西，迎合时尚，大可不必矣。

虽然现在已经有不少人，不愿再提文学对于人生，有教育、提高的意义，甚至有人不承认文学有感动、陶冶的作用。但是，我们也不能承认，文学只是讨好或迎合一部分人的工具。文学不要讨好青年人，也不要讨好老年人，也不要讨好外国人。所谓讨好，就是取媚，就是迎合迁就那些人的低级庸俗趣味。文学应该是面对整个人生，对时代负责的。目前一些文学作品，好像成了关系网上蛛丝，作家讨好评论家，评论家讨好作家。大家围绕着，追逐着，互相恭维着。也不知究竟是为了什么，到底要弄出个什么名堂来。谁也看不出，谁也说不准。还是让我们老老实实地，用一砖一石，共同铺建一条通往更高人生意义的台阶，不要再挖掘使人沉沦的陷阱吧。

作家素质，包括个人经历，教育修养，艺术师承各方面。社会风气的败坏，从根本上说，是十年动乱的后遗症。对症下药，应从国民教育着手，道德法制的教育，也是很重要的。其次是评论家的素质，也要改善。因为评论家的素质，可以影响作家的素质。苏东坡说，扬雄以艰深之辞，传浅近之理。近有不少评论文章，用的就是扬雄法术。他们编造字眼，组成混乱不通的文字，去唬那些没有文化修养的人，去蛊惑那些文化修养不深的作家。这种评论，表面高深奥博，实际空空如也，并不能解决创作上的任何实际问题，也不能解释文学上的任何现象。理论自是理论，创作自是创作，各不相干。是一种退化了的文学玄学。

总之，如何提高作家素质，这是个非常复杂的问题，非一朝一日之功，所能奏效的。

一九八六年一月三十一日

谈自裁

当名伶阮玲玉服毒自杀，谣诼纷纭之际，鲁迅著文说：“自杀是需要勇气的，不然你就去试试。”

“文化大革命”刚开始，我的脑子还是很清楚的：这又是权力之争，我是小民，不去做牺牲。但不久就看到，它是要把一些普通的老百姓，推上祭坛的。忍受不了批斗的耻辱，还是决定自杀了。

一天晚上，批斗人会下来之后，我支开家人，就关灯躺下了。我睡的是一张钢丝床，木架。床头有一盏小台灯。我躺下以后，心无二念，从容不迫地把灯泡拧下来，然后用手指去触电，手臂一下子被打回来，竟没有死。第二天早上，把灯泡上好，又按时去机关劳动，只是觉得头有些痛。

我想死得舒服一些，但没有做到。我对电没有知识，不知道为什么竟没有死。

此后，还是想死。每天，我在五层的大楼搞卫生，手里提着一个小铁桶，上上下下每到一层转折处，从上往下一看，像一个深深的天井，我想跳下去。但总是迟疑一下，就又走去了。

我们在楼顶上“学习”，一天晚上，我站在围墙边，往下看，马路上，车水马龙，行人不断。纵身一跳，一定粉身碎骨，血肉模糊了。正在乱想，围墙上的电灯，忽然都亮了。有人在冷冷地监视着我，我又进屋学习去了。

在干校，我身上带着一包安眠药片，大约有四五十片，装在破棉袄的上边口袋里，是多日积攒起来，准备用于自杀的。每天晚上，我倒一小玻璃杯水，放在枕边，准备吞服。但是，躺下以后，不容我再思考一下，我就疲劳地睡去了。有一次，把杯子打翻，把褥子弄湿了，第二天拿出去晾晒，引起“造反”头头的质问，我说是夜里咳嗽。

干校附近有条河，我立在岸上发过呆。给牲口铡草时，有一把锋利的镰刀，在我手边，我曾想在脖子上抹一下。终于都没有做到，直到我被“解放”。

论曰：自裁，自尽，自杀，皆我国习惯用语，即自己结束自己生命之谓。为减少血淋淋之感，题目乃用裁字。很难说，“造反”者在迫害一个人的时候，希望他自杀。但“造反”者不怕被迫害者自杀，则甚明。被迫害者，如能深思一步，意识到此，或可稍减轻生之念。我之友人，自杀者甚夥，多烈性人，少优柔寡断如我者，惜无人于彼等临危之时，进此一言。

呜呼！自叶赛宁的诗“死是容易的，活下去是艰难的”出，人以为自杀名句。近又有人，引另一作家坎坷之言，“容易”之下，更加“舒服”二字。此皆愤激之言，非常情之言也。后一作家于临终之时，曾语亲人："死为何如此痛苦?"况非常之死乎？毕加索认为：痛苦为人生之本质。然彼之生活，非常浪漫，丰产而长寿。我等宁可信司马迁之言，不可信叶赛宁之言。

我乡有谚语：好死不如赖活。虽近平庸，仍不失对轻生者之一劝也。

一九八六年四月二十六日下午记

谈头条

近年刊物，受官场影响，也讲平衡，对于名次篇目排列，极为用心，并有“双头条”之创造。刊物以作品质量分先后，无可厚非。过去，如《文学》，称为权威刊物，鲁迅系编委之一。即鲁迅所作，也并非一定居首。如果他写的是杂文，那就必须按文体归档，多半排到中后去了。在鲁迅主编的刊物上，从未把自己的作品，列为头条，更不用说儿女们的作品了。他所写的《立此存照》等短文，刊物也真的把它们作为补白，作者编者，均不以此为迕。这当然都是前辈人的老观念。

八十年代，人才众多，出现了一批“头条作家”。这种作家，很像四大须生、四大名旦，只能各自挑班，不能屈尊第二。但因为每期刊物，只能有一个头条，除去运用“双”法之外，就只好轮流坐庄了。作家本身也有办法，轮流投稿。本月为甲刊之头条，下月为乙刊之头条。刊物也乐于重金礼聘，包吃包住，你邀我抢，就像过去名角跑码头一样。

既跻身头条作家的行列，即使给个二条，也会生气不干的。即使写出的是篇拆烂污，也非上头条不可。这就使那些热心的主编们伤神了。

我混迹文坛半个世纪，所作平庸，从未当过名刊的头条。报纸副刊之上，近年容或有之，也不多见。因此养成一个甘居下游随遇而安的习惯，稿件投寄出去，只是希望人家给登出来，至于登在什么地方，是很少考虑的。

前些日子，有一家大刊物的两位副主编，来到舍下，闲谈间，也顺便叫我写点东西。过了两天，我写了一篇说是散文也可，说是小说也凑合，不到一千五百字的小文章，就寄给他们，原以为采用就不错了。谁知道这一次竟大爆冷门，很快收到一位副主编的信，不只认为那是一篇小说，并称之为“短篇佳作”。我想，这是老朋友对我的鼓励，不以为意。

很快又收到他寄来的一份校对完好的清样，说明不要我寄还，只要我保存。在阅读中间，我发现页码非常靠前，实在出于意外，不明究竟，我还问过一位编杂志的同志。他笑了笑说：“你的作品发的是头条！”

我想：这还是对我的鼓励。我老了，不常写小说，凭年岁当了个头条。

接到刊物，看了目录，这位同志又向我说：这种措施，叫“双头条”。

又看了编后，又看了下一期编后，才知道头条的全部学问。当然这是新学问。

对于老年人来说，一是感激刊物，感激相识的编辑们；二是，以后千万不要再到这些名人场所里搀和去了，实在没有意思。

一九八六年八月三十日下午

谈杂文

杂文这一名目，不见于《昭明文选》，也不见于《唐文粹》，却见于宋初编辑的文学总集《文苑英华》。《文苑英华》用二十九卷的篇幅（卷三五一～三七九），选录了它所谓的杂文。它又把杂文，按不同的性质，分为十五类，即：问答、骚、帝道、明道、辨论、赠送、箴戒、谏刺、纪述、讽谕、论事、杂制作、征伐、识行、纪事。其中明道、谏刺两项，又各附杂说。

这种分类，显然是不科学的，也是混乱的。例如明道和辨论；箴戒和谏刺；纪述和纪事；杂说和杂制作，就很难区分，可以归并。实际上，它所收罗的这些杂文，归并成三大类也就可以了。这就是：说理、纪事（包括记人）、讽谕（也就是寓言）。

应该说，杂文是散文中的一体，而这一体，是把那些容易定名称的文章，分出去以后，汇集其余而成。因为形式杂，内容杂，所以再给杂文分类，就更困难。我们姑且不要去责备《文苑英华》分类上的缺点。它为我们确立了一个杂文的名目，列出了几百篇文章，让我们阅览，得识中国的杂文，源远流长，在唐代（它主要收集的是唐文）已经有这么精粹的杂文范本。对于编者，后人是只有感谢欣慰之情了。

《文选》是中国最早的一部文学总集，它对文体的分类，不过是：赋、诗、骚、诏、表、书、序、论、碑文等等。这种分类法，一直被沿用。但是，文章的体式，是不断发展变化的，花样越来越多。有些文体，过去是大户，是热门，后来就消歇了，没有了。这主要与政治、社会情况有关，与实用有关。例如古文中的诏、表、制、策等等形式，现在就只能在书本上见到了。新的复杂的社会生活，要求新的多样的表达形式，新的文体，应运而生，是很自然的事。唐以后，杂文这一形式，因为能包罗万象，运用自如，就来了个大发展。表现方法，也越来越丰富灵活了。

文章一事，也很难说。诏、表虽然没有了，代之而起的是讲话、决议和报告。碑传之体，一直不衰，现在重视的是悼辞。诗词为性灵抒发之工具，人们一直把握着，广泛运用。至于书、序、论之作，那就更触目皆是了。

但是，杂文是一种比较灵活的文体，它的动向，不只有纵的开发，还有横的渗透。把一些原有自己疆土的文体，变化归纳在自己的版图之内。

请同志们打开鲁迅的杂文集。其中除了杂感随笔以外，还有通信（论创作和翻译），序跋（《〈中国新文学大系〉小说二集序》等），有记人记事的类似小说速写的，如《阿金》，也有完全是散文的，如《为了忘却的记念》。此外有记典故的，记时事的，和有关文籍史料的文章。一些严肃的理论，如《对左翼作家联盟的意见》，也编辑在内。

鲁迅把这些文章，编入杂文集，当然不是权宜之计，是有根据的，有传统的。

现在有人认为杂文就有一种：鲁迅的杂文。杂文就有一种笔法：鲁迅的笔法。这是一种误解。杂文绝非鲁迅一家，古典的先不说，“五四”以后，写杂文的人很多，有成就有风格的也不少。上海是繁华之地，报纸副刊多，杂文登的也多。人称海派杂文。京派地处幽燕，国事一直纷扰，除故作闲适者外，有内容有感触的杂文也常见。鲁迅成为杂文的泰斗和象征，领袖杂坛，有时代的和他个人的因素。时代需要他这样的杂文，他也勇于献身，并具备写好这种文章的素质。海外有些评论家，国内也有一些人跟随，以为鲁迅的杂文，不是文学创作，并假惺惺地为他惋惜，是何居心，不得而知。

我以为鲁迅杂文，在当时能起到那样大的影响，并非偶然。是因为：一、他的杂文的时代作用；二、他的杂文的战斗实绩；三、他的文章的功力示范。

确实如此。当年每逢读到他的一篇杂文，都会感到：这不只是投枪、匕首；更是号角、战鼓；一字一句，都具备十里埋伏，八面威风，所向披靡的力量。可惜这种讲法，目前已被看作陈词滥调，为很多人听不进去了。

鲁迅的杂文笔法，也不只是一个笔法。如果学不到精神，只学到皮毛，那就只能照虎画猫，玩弄一些挖苦、俏皮、讽刺的字眼，成为浅薄平庸之作。

关于鲁迅笔法，延安时期，有人提出“还是鲁迅笔法”，受到批评。这种笔法，也就没人再敢研究。现在又有人提出：“还是鲁迅杂文的土壤”，运用这种笔法，好像又有了更深厚的根据。土壤，经过半个世纪，可能还会有些变化，不会和鲁迅时代完全相同。

我以为，学习杂文，不能只学鲁迅一家，也要转益多师。也不能只学他的杂文，还要学习他的全部著作，包括通信和日记。学习鲁迅，应该学习他的四个方面：他的思想，变化及发展。他的文化修养，读书进程。他的行为实践。他的时代。

不能把鲁迅树为偶像。也不能从他身上，各取所需，摘下一片金叶，贴在自己的著作、学说之上。比如“改造国民性”，如果认为我们的国民性，一无是处；而外国的国民性，毫无缺点，处处可作中国人的榜样，恐怕就不是鲁迅的本意。对中国传统文化，也是如此。再比如“拿来主义”，如果以为捡拾外国人的洋破烂，如旧西服之类，也是鲁迅的拿来主义，那恐怕就很糟糕。对西方文化，也是如此。鲁迅确实主张，并且身体力行，借鉴外国的进步文化成果。但如果认为凡是外国的，就都是好的，可以拿来的，那就像他讽刺西崽像的文人一样：“英文，英文，一笑，一笑了。”

改造国民性，老实说，并不是一两篇小说，一两个新的学说，所能奏效的。如果是那样，“五四”以来，这么长的时间，早该改造好了。这要靠政治、经济、教育、法制，共同努力，才有希望。当然，文学也是一种教育手段。但近来一些论者，又不愿承认这一点。你不承认文学可以教育人民，又如何实现你的改造国民性的宏愿呢？恕我直言，如果只靠当前这些文学作品，慢说改造国民性，连你那个大杂院的居民性，也改造不了分毫！

“文化大革命”以后，我们的杂文，有很大的发展，很大的成绩。名家辈出，形式多样。继续吸收古今中外杂文创作的经验，杂文的前途是无限光明的。

一九八六年十月二十日改讫

谈镜花水月

凡是文艺，都要取材。环境有依据，人物也有依据。但一进入作品，即是已经加工过的，不再是原来的环境和人物了。这就像镜花和水月一样，多么逼真，也不是原来的花月了。有些读者，不明此义，常常按图索骥，已近于庸俗社会学。而有些人却听信传言，在文艺作品中，去寻找自己，这不只有悖常识，也常常流于庸人自扰的混乱之境。

文学作品，当以公心讽世为目的。以暴露人家的隐私为目的的作品，被称为黑幕小说，作品、作者，都不足道。明白人更不必去过多注意它的内容，从中探索自己的影子。

曾孟朴的《孽海花》，人物多有依据。书中有实可指者，近二十人。显宦包括张之洞，名流包括李莼客。但在当时以及后来，没有听说有谁，或是谁的后代，出来抗议，说书中某某人，写的就是他，或是他的祖先。因为谁都知道，人物一进入小说，便是虚构，打破镜子摘采花朵，跳进水中捞取月亮，只有傻瓜才肯那样去干。

当然也有例外，那就是赛金花。她不只承认写的就是自己，而且把作家夸大的部分，虚构的部分，都包了下来。因为，这对她来说，都没有坏处，倒有好处。

老实说，近些年，确有一些熟人、朋友的个别事迹，写入了我的文章，但也只是摘取一枝一叶，并不影响我对他们的全部评价。朋友仍然是朋友，熟人照旧是熟人。当然也有的从此就得罪了，疏远了，我是没有办法挽回的。

过去，当政治风雨突然袭击时，有些人对同志，对朋友，无中生有，造谣污蔑，不只使当事者蒙不白之冤，也使他的家属，有血泪之痛。这称之为乘人之危，投井下石，毫不为过。但这种做法，人们习以为常，他本人也会轻易地忘记。

而在太平盛世，天晴气朗之时，别人偶然描绘了一下类似他的嘴脸，伤不了他的半根毫毛，好官自为之，名人自当之，却忍受不了，以为别人不够朋友，刻薄无情，从此要绝交，要打句号。这可以说是我们的社会生活中，多年来形成的一种奇异现象。

其实，目前的环境，周围的关系，绝不会因为他的某一特点，被某一作者采撷了去，会对他产生什么不利的影响。例如，我曾写入杂文《谈迂》中的那个人物，在后来整党的时候，就竟然当上了领导小组的成员。当时在场的人，都还活着，不以为怪。

我有洁癖，真正的恶人、坏人、小人，我还不愿写进我的作品。鲁迅说，从来没有人愿意去写毛毛虫、痰和字纸篓。一些人进入我的作品，虽然我批评或是讽刺了他的一些方面，我对他们仍然是有感情的，有时还是很依恋的，其中也包括我的亲友、家属和我自己。

我是一个很平庸的人，有很多弱点。一生之中，长期漂流在外，对家庭没有负起应尽的责任。自己的不幸遭遇，以及做过的错事、鲁莽事、傻事，都曾使亲人焦虑、感伤。到了晚年，时常自责并无掩饰地写出来，作为临终前的忏悔。

对于别人，交往也好，得罪也好，我已没有什么希求。我从来不愿得罪人，甚至不愿得罪院里的猫和狗，但我不能不写东西。

我过去所写的小说中，也有坏人吧？现在看起来，都很概念。晚年对世事体会深了，偶一触及，便有入木凿石之感，但确实也不愿再写多少了。

一生之中，我得到过的东西很多，有些过分。当然失去的也不少。现在，我已经进入了无欲望状态，不想再得到什么，也没有什么可以害怕失去的了。有人说，老的一代，必都有一种失落感，那恐怕是一些人的推测之词。

一九八八年春

谈理解

这些年，理解一词很流行。好像过去人们都不知道这个词儿，是一种新发明似的。从此以后，是不是人们之间，理解的程度就会加强加深了呢，不得而知。

我认为，人与人的相互理解，自古以来，就被看做是应该的，但做到，却是很困难的。这像很多事情一样，这不仅仅是一种愿望，而是一种实际。凡是实际，都包含着历史、时代、环境诸种因素。如果只理解一种因素，不理解别种因素，必然会造成误解。即使同一因素之中，还有因时、因地、因人的差别。至于偶然的影响，那就更是千变万化，难以捉摸的了。

所以说，理解是不容易做到的。

我没有写过畅销的书，有些稿费，“文化大革命”，为应付当时局面，已上缴国库。近年虽时有短文发表，每篇或二十元，或四十元，于生活不无小补，然一二年才能凑成一本小书，稿酬亦不过千元上下。银行虽尚有些积蓄，然须防老，不敢轻动。

这是我的经济实际。但有些人就不能理解，“文革”时的一些情景，且不去说了。直到现在还有人张口借三千五千。有一位贵州小姑娘，来信向我要两千，还要我亲自给她送去，她在村边等我。

她不知道，我即使能旅游，也游不到贵州了。这就是因为她不理解我的另一种实际：我不是慈善家，甚至不是一个慷慨的人。

还有的青年人，来信叫我买书、买物品，替打官司。他们说，如果你出不去，可以派秘书去办。

他们不知道，我这里没有秘书，一辈子也没有用过秘书，现在甚至没有三尺应门的童子。我住在三楼，上下不便；每逢有收报费，投挂号信的，在楼下一喊叫，我就紧张万分，天黑怕跌交，下雪怕路滑，刮风怕感冒，只好不订报，不叫朋友寄挂号件。就是平信，也因不能及时收取，每每遗失。在此，吁请朋友来信，不要再贴特种邮票。

这又是一种实际，鲜为人知。

近年作家一行，早已不为人羡慕，因为他们的收入，已远不及演员、歌星、画家，甚至做小生意的人。但社会上的一些书呆子，仍把它看作生财之道，还以为我们这些人生活得多么阔气，多么幸福，多么有办法。这注定他们的前途，也不会光明的，因为他们对人的实际，理解太不够了。

但这也只是一方面的实际，另一方面则是：多一分资财，就多一分理解；少一分资财，就少一分理解。这是古今一致的。

古人云：隔行如隔山。俗话又说：知人知面不知心，都是经验之谈，不可不信。虽是同行，也并不是那么容易相互理解的；即使是亲人，理解也不会是那么全面的。旧剧《刺王僚》有唱词曰：虽然是兄弟们情意有，各人心机各自谋。每听到时，心里总是感慨万分的，惊心动魄的。

一九九〇年二月二日上午

谈闲情

人生，总得有一点闲情。闲情逐渐消失，实际就是生活的逐渐消失。

我是农家的孩子，农村的玩意儿，我都喜欢，一生不忘。例如养蝈蝈，直至老年，还是一种爱好，但这些年总是活不长。今年，外孙女代我买的一只很绿嫩的蝈蝈，昨天又死去了。我忽然想：这是我养的最后一只。我眼花耳背，既看不清它的形体，又听不清它的鸣叫，这种闲情，要结束了。

幼年在农村，一只蝈蝈，可以养到过春节。白天揣在怀里，夜晚放在被里，都可以听到它欢畅的叫声。蝈蝈好吃白菜心。老了，大腿、须、牙都掉了，就喂它豆腐，还是不停地叫。

童年之时，烈日当空，伫立田垄，蹑手蹑脚，审视谛听。兴奋紧张，满头大汗。捉住一只蝈蝈，那种愉快，是无与伦比的。比发了大财还高兴。

用秫秸眉子，编个荸荠形的小葫芦，把它养起来，朝斯暮斯，那种情景，也是无与伦比的。

为什么在城市，就养不活？它的寿命这样短，刚刚立过秋就溘然长逝了。

战争年代，我无心于此。平原的青纱帐里，山地的衰草丛中，不乏蝈蝈的鸣叫，我好像都听不到，因为没有闲情。

平原上，蝈蝈已经不复存在，农民用农药消灭了蝗虫，同时就消灭了蝈蝈。十几年前，我回故乡看见，只有从西南边几个县过来的行人，带有这种稀罕物。也是十几年前，在蓟县山坳里，还听到它的叫声。

这些年，我总是喂它传统的食物，难免有污染，所以活不长。

当然，人的闲情，也不能太多。太多，就会引来苦恼，引来牢骚。太多，就会成为八旗子弟。初进城时，旧货摊上，常常看到旗人玩的牙镶细雕的蝈蝈葫芦，但我不喜这些东西，宁可买一只农民出售的，用紫色染过的小葫芦。

得到一个封号，领一份俸禄。无战争之苦，无家计之劳。国家无考成，人民无需索。住好房，坐好车，出入餐厅，旅游山水。悠哉度日，至于老死。不知自愧，尚为不平之鸣，抱怨环境不宽松，别人不宽容。这种娇生惯养的纨绔子弟，注定是什么事也做不成的。

一九九〇年八月十六日中午记

庚午文学杂记（一）

作家与新潮

意识形态，是指的整个社会的意识形态，并不是哪一个人的意识形态。社会意识好了，作家的意识自然跟着好，或者更好；社会意识坏了，就很难要求作家，每一个都是卓异之士，不流凡俗。这是很困难的，很难做到的。就像一个青年作家过去对我说的：“你自己没有做到的，怎么能要求我做到？”我们也不是圣贤呀！

我一向认为：考察一个作家，主要是从他的作品来考察。考察一个作家的作品，应该放在当前社会生活中来考察。当前的商品经济，或者说是市场经济，引发产生的个人第一，急功好利的意识，以及灯红酒绿，莺歌燕舞的新潮生活，不能不反映在他们的作品中，也不能不反映在他们的生活方式上。过去，穆时英在上海，就是以专写舞场舞女而出名的。红极一时。

你看得惯也好，看不惯也好，这是现实。现实必然进入文学作品。林琴南看不惯，人家说他是复古派。缪荃荪看不惯，他在一本书的序言里骂道：“士皆原伯鲁之子，女效欧罗巴之装。”人家说他是遗老遗少。他们并没有挡住新潮。新潮，不仅挡不住，在历尽沧桑将近百年之后，又重新大盛于中土。现在已经不只是效装了，而是效一切，甚至说话的腔调，眉眼的动作。

青年作家也是华人，在写作和生活上，模拟一下欧美新风，有什么可以大惊小怪的呢？

社会经济结构的变动，各种行业的重新组合，人的素质，也发生了很大变化。在这种情况下，单独要求作家素质的提高，也是不公平的。作家素质的下降，必然导致作品素质的下降。这样，要求出现多少内容高尚的作品，也是不可能的。

作家与文化

现在，无论你住在什么地方，走到什么地方，看到的是做交易，听到的是买卖吆喝声，以及与此有关的人情世态。

社会环境的变化，必然引起文化环境的变化。文化环境对作家的形成，尤关重要。

三十年代，作家的文化环境，是学校用功，图书馆苦读，公寓和流浪生活，贫穷和追求革命。这种例证，可以在《新文学史料》上读到，田涛写的一篇回忆，比较典型。

现在，大学中文系的师资情况，学生生活和读书的情况，和过去大不相同。图书馆的状况，也有变化。尤其是报刊、出版部门，对作家和作品质量的影响，是应该认真研究的。

文化修养，是成为作家的基础。没有很好的文化环境，不认真读点书，是不能成为真正的作家的。

过去，我们曾提倡过工人作家，农民作家，士兵作家。现在看来，有些是昙花一现，热闹一时，难以后继。这还是以阶级衡量一切，代替一切，以为出身好，什么也就可以好的观点造成的。当然农民、工人、士兵都可以写出好的文学作品，但如果要保持下去，要进步，就必须继续打好基础，多读些书，提高自己的文化。

我见过一些农民出身的作家，因为读书少，文化低，而又成名早，背上了一个作家的包袱，妨碍了他们的进步，在创作上，有很大的局限性。

作家成名太早也不好。历史上就屡有明证。所谓神童，所谓天才，都和所谓特异功能一样，靠不住。文学和音乐美术不同。我一向不去吹捧孩子们的写作，那对他们并没有好处。有些家长，过于热衷于此，我觉得可以三思。

大器晚成这句话，是有道理的。但文学创作，又不完全是这么回事。如果少年、青年时期，没有在这方面作过努力，等到中年、老年，再拿起笔来，也是很难有成就的。创作，是需要青春的火力的，是需要持续进行的。成绩和才能，是与日俱增的。

文学创作，生活的积累，和技艺的提高，需要同步进行。这种配合，当然每个人不完全相同，但其规律，大体是一致的。

读书，也是少年、青年时，效果最好，能够终身享用。有些人，因为成名早，忙着去写作，等到觉悟到，自己的文化不够用，已经进入中年，再去补课，收益就小了。但觉悟到这一点，总比一直不觉悟，把作品不受欢迎的原因，完全推到外界的人，好一些。

作家与道德

文章穷而后工。作家不能贪图大富大贵。鲁迅引用外国人的话说：创作如果要丰收，最好的办法，是使作家多受苦。生活太幸福，就没有花儿开放，也没有鸟儿歌唱了。

达官，贵人，富商，大贾，都不会成为作家。但如果他们失败了，还是可以写出好作品的。

过去和现在，都有人说，创作是不满足的补偿，是不幸的发泄，是忧患之歌，希望之歌。历来文章，多愁怨悲苦之辞。创作本身，对作家来说，是一种追求，一种解脱，一种梦幻。

但是，个人的愤世嫉俗，是一种狭隘的感情。孟子曰：“伯夷隘。”隘就是狭隘。对历史上的卓异之士，作如此严格的批评，孟子自有其宏观的理解。

人生与文学，有时是祸福相倚的。人在写作之时，不要只想到自己，也应该想到别人，想到大多数人，想到时代。因为，个人的幸与不幸，总和时代有关。同时，也和多数人的处境有关。

多想到时代，多想到旁人，可以使作家的眼界和心界放得宽广。

最近，有个中年作家，在给我的信中说：“尔今文坛，除了执着于‘为人生的艺术’者外，文学掮客、文倒、文氓、混混儿、新贵……杂陈着各种角色。”

这是商品经济迅速发展，带来的文坛结构新变化。过去，在政治的严格要求下，作家这一行业，还是比较单纯的，也可以说是比较封闭的，“死”的。现在一切都活了，就必然像其他生活领域一样，什么乌七八糟的东西，都出来了。

这些角色的出现，文坛表面是活跃起来了。但对于文学事业(现在很少有人这样提了) 是否有利，则很难说。就是在旧社会，这些人物，也是吃不开的，会受到谴责，为真正的文学工作者所不齿的。

三十年代，上海文场有个曾今可，此人家中有些钱，是个少爷，也会写些文章，并没有做过什么了不起的坏事。就是因为没有什么真本事，写作又不大严肃，在文坛上就站不住脚，知难而退。今天看来，还算是正经的念书人。“而今”的角色们，是很难与他相比了。

在旧社会，各行各业，还都有个“行规”，行业道德。多么恶劣的人，在行为上，也要有些顾忌。目前是在混乱中，没有标准是非。或者说，还没有形成“新”的标准是非。

商品经济，使文化领域，变成了市场。这就是说，市场上有什么，文化界也就有什么。以上那位来信者，所列举的文学界诸多角色，目前已经在各个大城市，甚至乡村城镇，屡见不鲜。

作家与经济

如果说，前一阶段，文艺界的“不正之风”，还不过是受“四人帮”的影响，有些本来就是小喽罗的人，在那里呼朋引类，投靠一个，拉来几个，把持一个团体，或是一家刊物。其表现形式，也不过是封建把头和小兄弟的规模，是政治性质的，而非经济性质的。

现在则有了突破性的变化。一些不逞之徒，从捞政治油水，一变而为追求经济实惠。这一改变，还真是大有可为，不到几年，使这些人面貌一新。掌握一个文艺团体，或是一家文学期刊，就是掌握了一个小金柜。小弟兄们干活儿，都两只眼睛盯着它。“繁荣创作”，是为了增加小金柜的“投入”。写作为的是金钱，编辑为的是金钱，出版也为的是金钱。文艺工作的关系，一下变成了金钱的关系。变成了交易所，变成了市场。

市场经济，越搞越活。新的角色，应运而生。过去的把头，变成了掌柜，小弟兄，变成了伙计。其收入，其气派，其手段，还真有可观。男女大亨们，都已经是满身珠光宝气了。

有些白发苍苍，手拿拐杖，或叫人搀扶的老文艺战士，还在那里开会，写文章，梦想使“作家”们，回归到四十年代或五十年代，那种规规矩矩，青衣小帽，舍己奉公，忘我工作的样子，看来是很难了。

希望

当然，什么事情，也不能过于悲观。我们的文学事业，也是无数先烈，长期奋斗，甚至流血牺牲，创造出来的。它有坚固的，悠久的，为人生而创作的传统。它还是生机勃勃，充满希望的。有着优秀文化传统的人民，还是需要真正的文学，高尚的文学的。而多数严肃的、正直的作家，还是执著于为人生进步、幸福的艺术，孜孜不倦地工作着。

广大的，有见识的读者，他们的爱憎，他们的取舍，最终可以决定文学创作的趋向。他们的书架上，总是希望陈列着有人生价值，也有艺术价值的书籍。他们要读的，终归还是那些能带引他们进入文明和道德的精神境界的作品。

那些惟利是图，惟洋人的马首是瞻的人，他们所写的，所提倡的，那些最终要把我们的人民，引向没落、消沉、荒淫和失去自信的文字，终归要受到历史的谴责。

一九九〇年十月二十七日改讫

庚午文学杂记（二）

大奖

很久不看小说了，究竟是什么原因，也说不清楚。反正国外大奖或国内大奖的获奖小说，也引不起兴趣。国外大奖，例如诺贝尔，在青年时，就没有注意过。那时的导师们，谁也没有叫青年人，去读获奖者的小说。相反，例如赛珍珠的小说，在当时国内，是得不到佳评的。我们相信鲁迅的话，他认为那个大奖并非公平，是以他们的好恶为标准的。最大的好恶标准是什么？当然是政治。

现在青年人这样崇拜这个奖，我看是被那个诱人的名利震惊了。但如果以通读得奖作品大全，作为登上宝座的阶梯，这就像科举时代，以制义大全为圭臬一样，会在考场失意的。

至于国内大奖，也不一定就那么公平，也不一定就没有当时的好恶。我说当时，是因为每届和每届，好恶并不一定相同，是时常随政治发生变化的。

评定文学作品，最可靠的方法，一是看它的普遍性，二是看它的永久性。得奖与否，并非重要。

评论

我不愿看小说的另一个原因，恐怕和我不愿再写文学评论有关。我已经有很长时间，不谈论当前的小说创作了。

一个人和一个国家一样，总在不断地总结经验教训。最初，因为接受了一次教训，我发表了一次声明，不再给别人的书写序。后来，有一位朋友对我说："你那个声明，发表得太及时了，不然这几年再给人家写序，就更难应付了。"

不写序了，有时碍于情面，我还写一点读后感。不久，就又感到这也并非易事。人家叫我写书评，是为了帮他推销书。如果我在文章中略有违迕，其使作者不快，与写序同。好，不写了。但朋友还是很热情，把书稿寄来征求意见。写封信吧，不久又发见，写信如果说实话，照样可以得罪朋友。

有一位老朋友，写了一部长篇小说，把打印稿寄来，信写得很热情。我放下自己的活计，昼夜赶读，然后写信，一一列出我的看法。其中主要是谈缺点。现在能记得的有两条：一条是说，小说每节结尾，形式类似，应有变化。一条是说，书中引用当地民间传说，有的没意思，有的应充实完整。信去无音讯。后来一个文学刊物要讨论这部小说，主编征求我的意见，我说已写信给作者。主编去找作者，作者说，那封信，已经找不到了，内容也不记得了。

后来，这部小说得了大奖。作者寄我一部，我也没有再看，不知道我那意见，到底被采纳了没有。从此，再有准备参赛的作品叫我看，或叫我在赛前写评论，我都婉谢了。

给中年作家提意见，就更应该慎重。不要看当面恭维你。如果你实话实说，效果就会糟糕得很。因为他在文坛上，已经取得了一定的地位。

基于以上种种经验，现在，我已经很少正面给人家的作品提意见了。不得已，也只是写封短信：大作收到了，正在拜读，如有什么意见，定当及时奉告。实际上，是从此就没有下文。这是为了，既不冒犯朋友，也不违反天良。

新 星

鼓励鼓励青年人，不会有错吧。也有经验。如果这个青年人还在窝里，你说什么也没关系，你只要在文章中提提他的名字，他也会很感激。就怕出飞儿，一遨游天空，鹏举万里，就会和你断了线。好在这并非恋爱，断就断了吧。问题是还有别的牵连。

当这个年轻人还没有出名的时候，他周围的人们，对他并没有表现出多大的关心。当他一旦升到天空，才把他周围的人们的眼睛照亮。于是锣鼓喧天，鞭炮齐鸣，庆贺这位造福一方的天才出现。请注意，在这个时刻，无论星球或地下的人们，谁也不会想到区区。这当然也没有什么关系。但当星球的运行，一旦出现一些偏差，或光采在人们眼中，稍显暗淡的时候。他那周围的人们，就会嫁祸于人，说：

“这都是某某人惯的他（她）!”

冤枉啊，冤枉！

众所周知，我只是在他（她）没有出名的时候，读过他一些作品，说了一些鼓励的话。他成名以后，就断了线，轰动得奖之作，都没有读过。其中有什么倾向，有什么问题，与我丝毫无干。即使有什么错误，你们应该写文章批评，或去问那些对以上作品，作过吹捧的人。这些人就在你们附近。我这里挨不上边。

不毖后而惩前，既舍近又求远，我为诸公不取。

流派

确实，我在文章里写过："我是一个低栏，我高兴地看到，你从我这里跳过去了。"也说过："我也写过女孩子们，我哪里有你写得好！"这些话。但是小满儿说过：话有百说百解。我虽然出自衷心的喜悦，但别人看了，并不一定就受感染，也随之感到喜悦。因为低栏，也是一种障碍，总不如飞机跑道那样平滑，任人驰骋。再说，人家要跳的，不是低栏，而是高栏！已经和你分道扬镳了。

你写的女孩子，是什么年代？什么意识？人家写的女孩子，又是什么年代？什么意识？你是什么创作方法，人家又是什么创作方法；早已经把你"发展"了。这样一来，我的好意，或者说我的吹捧，在不少人那里，引起的就不是快感，而是反感了。

其实，所谓流派，所谓发展，都是理论家的话语。理论家总是一阵子高兴说这个，又一阵子高兴说那个的。我们无妨查阅一下，近几十年的报刊杂志，你就会发见：在同一个文艺问题上，甚至在同一个理论家的笔下，翻过多少次跟斗了。文坛上的杂技现象，古今中外，并不少见。

说来说去，他们究竟说出了多少新鲜道理？对创作起到了什么积极作用？他们不断发表意见，不过是为了继续保持他们那理论家的地位，也就是一种“领导”地位。

方法不同了，何必又谈流派？已经分道了，何必又拉在一起？思想、志趣已经不同，流派既已各异，分开说不更为直接了当吗？但当时，还必须把区区拉上，作为陪衬。

其实，我对一些青年作家的关系，不过是沿袭中国文坛的习惯，或者说是常规，并没有什么新的内容。编刊物时，发表了他们几篇稿子；待他们出书时，应约给他们写过一篇序言。再多，有人带他们到家里来，随便谈了谈。都很简单。既谈不上恩，也谈不上怨。

应该补充的是，当他们随着走红，也蒙受一些流言蜚语的时候，那些最初带引他们来舍下的人，也背地或当面责备我。我极不愿意听这些话，我最不喜欢在我面前，议论别人家的私事。我也从不示弱，我说：“就是有这些事，我看也不算什么。在当前的社会生活里，他（她）的所作所为，并不过分。”这真可以说是“惯”了。

一九九〇年十月

文　过

——文事琐谈之一

题意是文章过失，非文过饰非。

最近写了一篇文章发表，又招来意想不到的麻烦。

此文，字不到两千，用化名，小说形式。文中，先叙与主人公多年友情，中间只说了一些鸡毛蒜皮的小事，后再叙彼此感情，并点明他原是一片好心。最终说明主旨：写文章应该注意细节的真实。纯属针对文坛时弊的艺术方面的讨论，丝毫不涉及个人的任何重大问题。扯到哪里去，这至多也不过是拐弯抹角、瞻前顾后，小心翼翼地，对朋友的写作，苦口婆心提点规谏。

说真的，我写文章，尤其是这种小说，已经有过教训。写作之前，不是没有顾忌。但有些意念，积累久了，总愿意吐之为快。也知道这是文人的一种职业病、致命伤，不易改正。行文之时，还是注意有根有据，勿伤他人感情。感情一事，这又谈何容易！所以每有这种文字发出，总是心怀惴惴，怕得罪人的。我从不相信“创作自由”一类的话，写文章不能掉以轻心。

但就像托翁描写的学骑车一样，越怕碰到哪一棵树上，还总是撞到那棵树上。

已经清楚地记得：因为写文章得罪过三次朋友了。第一次有口无心，还预先通知，请人家去看那篇文章，这说明原是没有恶意。后来知道得罪了人，不得不在文末加了一个注。

现在看来，完全没有必要。当时所谓清查什么，不过是走过场。双方都是一场虚惊。现在又有人援例叫我加注，我解释说：散文加注可以，小说不好加注，如果加注，不成了“此地无银三百两”吗？

说是小说也不行。有的人一定说是有所指。可当你说这篇小说确有现实根据时，他又不高兴，非要你把这种说法取消不可。

结果，有一次，硬是把我写给连共的一封短简，已经排成小样，撤了下来。日前，编辑把这封短简退给我，我看了一下内容，真是啼笑皆非：城门失火，殃及池鱼，只能向收信人表示歉意。

鲁迅晚年为文，多遭删节，有时弄得面目皆非。所删之处，有的能看出是为了什么，有的却使鲁迅也猜不出原因。例如有一句这样的话：“我死了，恐怕连追悼会也开不成。”给删掉了。鲁迅补好文字以后写道：“难道他们以为，我死了以后，能开成追悼会吗？”当时看后，拍案叫绝，以为幽默之至，尚未能体会到先生愤激之情，为文之苦。

例如我致连共的这封短简，如果不明底细，不加注释，任何敏感的人，也不会看出有什么“违碍”之处。文字机微，甚难言矣。

取消就取消吧，可是取消了这个说法，就又回到了“小说”上去。难道真的有没有现实根据的小说吗？

有了几次经验，得出一个结论：第一，写文章，有形无形，不要涉及朋友；如果写到朋友，只用颂体；第二，当前写文章，贬不行，平实也不行。只能扬着写，只能吹。

这就很麻烦了。可写文章就是个麻烦事，完全避免麻烦，只有躺下不写。

又不大情愿。

写写自己吧。所以，近来写的文章，都是自己的事，光彩的不光彩的，都抛出去，一齐大甩卖。

但这也并非易事。自己并非神仙，生活在尘世。固然有人说他能遗世而独立，那也不过是吹牛。自我暴露，自我膨胀，都不是文学的正路，何况还不能不牵涉他人？

大家都希望作家说真话，其实也很难。第一，谁也不敢担保，在文章里所说的，都是真话。第二，究竟什么是真话？也只能是根据真情实感。而每个人的情感，并不相同，谁为真？谁为假？读者看法也不会一致。

我以为真话，也应该是根据真理说话。世上不一定有真宰，但真理总还是有的。当然它并非一成不变的。

真理就是公理，也可说是天理。有了公理，说真话就容易了。

一九九一年七月二十三日足成之

文　虑

——文事琐谈之二

所谓文虑，就是写文章以前，及写成以后的种种思虑。

我青年时写作，都是兴之所至，写起来也是很愉快的，甚至嘴里哼哼唧唧，心里有节奏感。真椽苏东坡说的：

某生平无快意事，惟作文章。意之所到，则笔力曲折，无不尽意。自谓世间乐事，无逾此者。

其实，那时正在战争时期，生活很困苦，常常吃不饱，穿不暖。也没有像样的桌椅、纸张、笔墨。但写作热情很高，并视为一种神圣的事业。有时写着写着，忽然传来敌情，街上已经有人跑动，才慌忙收拾起纸笔，跑到山顶上去。

很长时间，我是孤身一人，离家千里，在破屋草棚子里写东西。烽火连天，家人不知死活，但心里从无愁苦，一心想的是打败日本，写作就是我的职责。

写出东西来，也没有受过批评，总是得到鼓励称赞。现在有些年轻人，以为我们那时写作，一定受到多少限制，多么不自由，完全是出于猜测。我亲身体验，战争时期，创作一事，自始至终，是不存什么顾虑的。竞技状态，一直是良好的，心情是活泼愉快的。

存顾虑，不愉快，是很久以后的事。作为创作，这主要和我的经历、见闻、心情和思想有关。

土地改革，解放战争时期，我虽受到批判，但写作热情未减。批判一过，作品如潮，可以说是“屡败屡战”，毫不气馁。我还真的亲临大阵，冒过锋矢。

就是“文革”以后，我还以九死余生，鼓了几年余勇。但随着年纪，我也渐渐露出下半世光景，一年不如一年的样子来。

目前为文，总是思前想后，顾虑重重。环境越来越“宽松”，人对人越来越“宽容”，创作越来越“自由”，周围的呼声越高，我却对写东西，越来越感到困难，没有意思，甚至有些厌倦了。我感到很疲乏。究竟是什么原因，自己也说不清楚。

顾虑多，表现在行动上，已经有下列各项：

一、不再给别人的书写序，实施已近十年。

二、不再写书评或作品评论，因为已经很少看作品。

三、凡名人辞书、文学艺术家名人录之类的编者，来信叫写自传、填表格、寄相片，一律置之。因为自觉不足进入这种印刷品，并怀疑这些编辑人是否负责。

四、凡叫选出作品、填写履历、寄照片、手迹，以便译成外文，帮助“走向世界”者，一律谢绝。因为自己愿在本国，安居乐业，对走向哪里，丝毫没有兴趣。

五、凡专登名人作品的期刊，不再投稿。对专收名家作品的丛书，不去搀和。名人固然不错，名人也有各式各样。如果只是展览名人，编校不负责任，文章错字连篇，那也就成为一种招摇。

六、不为群体性、地区性的大型丛书挂名选稿，或写导言。因为没有精力看那么多的稿件，也写不出像鲁迅先生那样精辟的导言。

总之，与其拆烂污，不如岩穴孤处。

作家，一旦失去热情，就难以进行创作了。目前还在给一些报纸副刊投投稿，恐怕连这也持续不长了。真是年岁不饶人啊！

人们常说：每个时代，有每个时代的作家。时代一变，一切都变。我的创作时代，可以说从抗日战争开始，到“文化大革命”结束。所以，近年来了客人，我总是先送他一本《风云初记》，然后再送他一本《芸斋小说》。我说：“请你看看，我的生活，全在这两本书里，从中你可以了解我的过去和现在。包括我的思想和感情。可以看到我的兴衰、成败，及其因果。”

一九九一年八月四日上午

老年文字

——文事琐谈之三

最近写了一篇文章，叫女儿抄了一下，放在抽屉里。有一天，报社来了一位编辑，就交给他去发表。发出来以后，第一次看，没有发现错字。第二次看，发现“他人诗文”，错成了“他们诗文”。心里就有些不舒服。第三次看，又发现“入侍延和”，错成了“入侍廷和”；“寓意幽深”，错成了“意寓幽深”；心里就更有些别扭了。总以为是报社给排错了，编辑又没有看出。

过了两天，又见到这位编辑，心里存不住话，就说出来了。为了慎重，加了一句：也许是我女儿给抄错了。

女儿的抄件，我是看过了的，还作了改动。又找出我的原稿查对，只有“延和”一词，是她抄错，其余两处，是我原来就写错了，而在看抄件时，竟没有看出来。错怪了别人，赶紧给编辑写信说明。

这完全可以说是老年现象，过去从来没有发生过。我写作多年，很少出笔误，即使有误，当时就觉察到改正了。为什么现在的感觉如此迟钝？我当编辑多年，文中有错字，一遍就都看出来了。为什么现在要看多遍，还有遗漏？这只能用一句话回答：老了，眼力不济了。

所谓“文章老更成”，“姜是老的辣”，也要看老到什么程度，也有个限度。如果老得过了劲，那就可能不再是“成”，而是“败”；不再是“辣”，而是“腐烂”了。

我常对朋友说，到了我这个年纪，还写文章，这是一种习惯，一种惰性。就像老年演员，遇到机会，总愿意露一下。说句实在话，我不大愿意看老年人演的戏。身段、容貌、脚手、声音，都不行了。当然一招一式，一腔一调，还是可以给青年演员示范的，台下掌声也不少。不过我觉得那些掌声，只是对“不服老”这种精神的鼓励和赞赏，不一定是因为得到了真正的美的享受。美，总是和青春、火力、朝气，联系在一起的。我宁愿去看娃娃们演的戏。

己之视人，亦犹人之视己。老年人写的文章，具体地说，我近年写的文章，在读者眼里，恐怕也是这样。

我从来不相信，朋友们对我说的，什么“宝刀不老”呀，“不减当年”呀，一类的话。我认为那是他们给我捧场。有一次，我对一位北京来的朋友说：“我现在写文章很吃力，很累。”朋友说：“那是因为你写文章太认真，别人写文章是很随便的。”

当然不能说，别人写文章是随便的。不过，我对待文字，也确是比较认真的。文章发表，有了错字，我常常埋怨校对、编辑不负责任。有时也想，错个把字，不认真的，看过去也就完了；认真的，他会看出是错字。何必着急呢？前些日子，我给一家报纸写读书随笔，一篇一千多字的文章，引用了四个清代人名，竟给弄错了三个。我没有去信要求更正，编辑也没有来信说明，好像一直没有发现似的。这就证明，现在人们对错字的概念，是如何的淡化了。

不过，这回自己出了错，我的心情是很沉重的，今后如何补救呢？我想，只能更认真对待。比如过去写成稿子，只看两三遍；现在就要看四五遍。发表以后，也要比过去多看几遍。庶几能补过于万一。

老年人的文字，有错不易得到改正，还因为编辑、校对对他的迷信。我在大杂院住的时候，同院有一位老校对。我对他说："我老了，文章容易出错，你看出来，不要客气，给我改正。"他说："我们有时对你的文章也有疑问，又一想，你可能有出处，就照排了。"我说："我有什么出处？出处就是辞书、字典。今后一定不要对我过于信任。"

比如这次的"他们诗文"，编辑一眼就可以看出是不通的，有错的。但他们几个人看了，都没改过来。这就因为是我写的，不好动手。

老年文字，聪明人，以不写为妙。实在放不下，以少写为佳。

文 宗

——文事琐谈之四

我青年时，如痴如醉地爱好文艺，也写点文章投稿。但从来没有想到向名家请教，给人家写信。更没有机会，去拜访名家。也可能是因为当时自己没有写出像样的东西，更没有出过书，没有资格这样做。若干年以后，能出书了，也没有给名人送过书。编刊物，也很少向名人约稿。只是守株待兔，等候着青年人的投稿。所以身在文艺界，和文艺界的名人接触不多。

在延安时，我发表几篇小说后，周扬同志曾到我的窑洞，看望我一次。也没有地方坐，站着和我说了几句话，就走了。当时我是鲁艺文学系的教员，他是院长。

那时鲁艺名家如林，我也不记得到谁的窑洞里闲谈过。我自幼性格孤僻，总是愿意独来独往。

我认为，别的艺术门类，或许需要名家亲手指点，文学一事，只要认真读名家的作品，就可以了。千古名师，也无非叫你多读多写。文学，全靠自身的素质和坚韧的努力。

鲁迅是真正的一代文宗。“人谁不爱先生?”是徐懋庸写给鲁迅的那封著名信中的一句话，我一直记得。这是三十年代，青年人的一种心声。

书，一经鲁迅作序，便不胫而走；文章，一经他入选，便有了定评，能进文学史；名字，一在他的著作中出现，不管声誉好坏，便万古长存。鲁门，是真正的龙门。上溯下延，几个时代，找不到能和他比肩的人。梁启超、章太炎、胡适，都不行。

鲁迅对青年作家的帮助，是指出他们创作的不足，赠送他们以有用之书，介绍他们的作品出版。他能做的，全都做到了。

鲁迅对青年作家的一些缺点，是很理解，也很宽容的。例如，他说有些人古怪，神经质，局面小，眼光浅，文字不肯大众化等等，但他都能体谅。

鲁迅并不怕别人利用他。一个人能被利用，就证明自己对他人有用。既然有用，就不要损害他，更不要暗中损害他。

他一旦发见，青年人并非真正尊重他，只是利用他，当面和背后，并不一致，甚至动不动就兴师问罪，他就会生气，和这个青年人疏远了。鲁迅非常敏感。

从鲁迅的书信、日记，可以看出，他有时对青年人向他借钱、捐款，叫他办事，也并非都是心甘情愿，那么乐于从事的。例如有人叫他派人送东西，他就复信说：“舍下无人可派”，很不高兴。捐款，有时也很勉强、冷淡。

他曾说：“白莽如果不是死得早，也许我们早闹翻了。”痛哉斯言！对他早期的一些学生，也时有微词。

以先生对待青年人的赤诚热情，为什么还会有些不愉快呢？我以为主要原因，在于青年人太天真，想得太简单，或急于出名得利，对鲁迅不知体谅所致。

鲁迅自己说他是一头牛，或甘为孺子牛。青年人如果根据这些话，就闹上去，役使他，鞭挞他，挤他的奶吃，就是一头真的牛，也会不高兴，不能那么顺从了。

有幸与鲁迅同时的青年，有的因宗派，有的因思想行为，有的因感情细节，与他疏远了。友谊保持长久的，并不太多。这是一种不幸。

一九九二年一月九日

我观文学奖

自古文学无奖，而历代有传世之作，有不朽的作家群体。中国自“五四”新文学运动以来，作家如林，也没有办过文学奖。因为，稍为有识之士，都会明白：文学非奖即金钱所能诱导而出；相反，常常产生于贫苦困厄之中。在我记忆中，三十年代，《大公报》始举办一次文学奖，奖励了三位作家。但这一举措，在社会上反响并不太大，效颦者后来也少有。同时，过去对世界大奖，如诺贝尔文学奖，中国人亦不太重视，每届获奖作品，有一种译本，已经算是不错了。中国作家，也很少有人谈论这种奖，只是有一次，刘半农他们谈及鲁迅，鲁迅冷淡地对待了一下，从此，就再无人提起。

解放以后，我国也没有举办过文学奖。直至茅盾先生去世，遗嘱以奖励后代为怀，才设立了一种大奖。

任何奖金，都有它的政治或人事上的目的，有目的即有偏差，有偶然，有机会。所以，任何奖都难得那么公平、准确，名副其实。以诺贝尔文学奖而论，每届所奖作者，都有偶然性，大部分都不是当代有口皆碑，与人民息息相关的伟大作家。而常常与此相反，真正的伟大作家却被排斥在外。它的政治目的，越来越明显，这是每一个作家都清楚的。

在中国，忽然兴起了奖金热。到现在，几乎无时无地不在举办文学奖。人得一次奖，就有一次成功的记录，可以升级，可以获得职称，可以有房子……因此，这种奖几乎成了一种股市，趋之若狂，越来越不可收拾，而其实质，已不可问矣！

这些年，确实有不少人，从文学奖中，得到不少好处，其中包括作家，评论家，主办的单位，评审的人员。但文学本身，是否得到了什么提高，则从来没有人去过问。奖啊，奖啊，究竟奖出了多少有价值的东西？也没有人去统计。

据说，在不少中国当代作家心中，还形成一股诺贝尔情结。作为一个作家，情结不在国家、民族，情结不在人民群众，而在外国的一笔钱财上，这岂不是有些缘木求鱼吗？听说，凡是得到此种奖金的作家，在宣布他是得主时，都出乎意料之外，而我们的作家，却时时刻刻，在意念之中，这岂不又有些可笑吗？

以本国奖金而论，在每届发奖的当年，文艺界热闹一阵，过不了多久，群众不只对获奖的书名，即获奖的作者，也就淡忘了。文学作品，以时代和读者，为筛选之具。如果连书名都不能印在读者心中，这种文学奖还有什么意义？

但每届还得评下去，以备有真正好的作品出世，如果没有，就继续从矮子中拔将军，择其适于当代政治、人事需求的，定那么几种。

所以，虽然获得过大奖的人，也不要以为从此就定了性，成了永久性的优秀作家，别人连碰都不能碰一下。最好是时常到书店里转转，看看架子上还有没有自己的书。

读者买文学书，都是希望能从生活上，多得到一些知识；从人生旅途上，多得到一些经验。既是文学，就又想从文字中得到一些享受和教益。如果你的作品，在这三方面，都没有什么可取。甚至连朴素的爱国之情、民族自尊都没有，人家花钱买你的书，又作何用?

至于你的书，因为文格低下，在国内没有销路，有识者嗤之以鼻，不屑一顾，在国外却有人欢迎，这其中的情况就复杂得多，也难说得多了。总之，用文艺作品，贬低丑化自己的民族，宣扬本土的落后，以取得某些洋人的欢心，求得他们的赞赏，以此为光荣，夸耀乡里。这种作者，在鸦片战争之前，八国联军之后，已经不是什么新鲜事，对他们的作品，国民早有定评。

至于在当今文坛之上，还有人缅怀租界，歌颂汉奸，并以为这些都与“改革开放”有关，则不过是中国人重复日本武士道的话，这就更应当另作别论了。

外国人介绍中国文学作品，有的是对中国友好，有的是对中国敌对，有的是出于鉴赏，有的是为了获得信息。这需要作具体分析，非一时起哄所能判定。

一九九四年九月四日下午抄

作家的文化

有些评论我的文章中，常常有这样意思的话：你虽然是从解放区成长起来的，你读的书还是不少，这在解放区的作家中，是比较少见的。

有些人认为解放区的作家读书少，文化低，这是一种误解，也是一种偏见。他们以为，解放区的文化是落后的，是刀耕火种的不毛之地，是工农兵的天下，因此，那里的作家，也是没有读过多少书本的。

姑不论，当时的延安和各个根据地，都拥有不少海内外知名的学者、专家，即以一般文化界人士而论，在民族处于危难之时，抛弃家室，奔赴抗日战场的，都是当时的有志之士，国家民族当之无愧的精英。他们的思想和行动，无论什么时候，都不能从历史上抹去，更不能从文化上贬低的。

什么是文化？用一句老话说，就是上层建筑，或者叫做意识形态。一个人的文化修养，不能只从他读过多少书，有什么学历来衡量。主要的，还要看他对当时的政治、当时的文化，发挥过什么作用。特别是对文化，起了什么推动和提高的作用。

作家尤其如此。一个作家的文化，不只是指他吸收了多少文化，更重要的，是看他建树了多少文化，给文化积累增加了多少新的内容。历史上，有各种不同的人物，不同的思想和行为，构成了不同层次、不同内涵的文化，即不同性质的文化。在我们的历史上，有岳飞、文天祥的文化，也有秦桧、贾似道的文化。如果单从书本文化而论，那就会谬之千里。

人民大众，评论一个人，不会单从他是什么学校毕业，写过几本书，得过什么奖着眼，而是要看他对国家民族，有过什么实际的贡献。

一个作家，究竟需要多少文化，这是没有标准的。大家都知道，作家，一般来说，既不是从大学里培养，也不是产生于教授群体之中，这里的所谓文化，与一个作家的形成关系不大。

但没有文化，也不能成为作家。作家总得有一定的文化。在中国，“五四”新文学——即白话文学开始之时，作家的文化较高，但人数也甚少。后来，随着白话文学的普及，作家的人数，渐渐多起来，但文化高低，就差别较大。以三十年代的新兴作家为例，无论是革命作家，或是所谓东北作家，他们的文化修养，都比“五四”时期的作家为低。解放区的作家与之相较，文化情况，大致相同。他们大部分是文学爱好者，从文学走向革命，然后，从根据地得到创作所需的生活体验，进一步成为作家。这是很自然的过程。

一个作家，有高中以上的文化程度，就算够用的了。在写作过程中，可以继续提高文化修养，进度和收获虽有不同，但每个作家，都是这样努力过来的。

也有少数人，在成名时，文化程度比较低，一有了作家头衔，反倒自满自足起来，不再去钻研文化课程，这种人最后要吃亏的。

上面所谈种种，也适合于非解放区的作家。因此，以文化高低论作家成败，是不科学的。有人提倡作家学者化，也是一种不切实际的想法。学者和作家，走的不是一条路。由作家而成为学者，或由学者而成为作家，工作重点都会有转移。

现在是市场经济，文化市场，也是百货杂陈，品目繁多，真假难分。每个作家，都在自己的摊位前，出售自己的产品，顾客必须心明眼亮，才能鉴别各种货色，不受欺瞒。

现在文化的名称也多，花样也多，有贵妃文化，有宦官文化，有发辫文化，有金莲文化，还有要“筹建博物馆保护”的“租界文化”。无奇不有，匪夷所思。

正是：士各有志，人各有心，不可详论矣。

一九九四年九月二十日

契诃夫

——纪念他逝世五十周年

我们只能从他的作品认识他。我们也读了别人关于他的纪事，这些纪事常常是侧重一个方面，或者也有些渲染；他本人遗留下的通讯、日记和手册，自然是很重要的材料，但看到的也是一些片断。其实，对于像这样一个真诚的作家，我们只要认真地阅读他的作品，便可以全面的理解他了。

契诃夫作品的特色，究竟在哪些地方？它之所以永久被人爱好、具备这样强烈的感染力量，凭藉的是哪些特质？有一次，契诃夫读了一篇学生作文，他对一位作家说：海——是阔大的，这描写很好。契诃夫作品主要的特色，就是朴素和真实。

朴素，对于我们当前的写作，是一个重要的问题。我们的创作道路，常常从朴素开始，而在有了一定成就和进展的时候，就会忽然转向浮夸，因而也就急剧地衰退和坠落了。这是一个非常可惜的下场。

为了什么要这样做呢？我们不能保持作品初期的朴素风格，像保持童年的天真那样努力吗？难道也有什么外界的影响像社会上残余的恶习一样，感染和诱惑了我们的笔墨？这些外界的影响，也还可能是存在的。例如一些人对于作品的不实际的要求，对于文学事业的盲目的吹捧或棒喝，文坛上残余的投机取巧、自吹自擂的现象，有的时候也会影响一个作家的健康成长。但是，主要的原因，还存在作家的主观方面。

在主观方面，也有分别。有的初学写作，在创作实践当中，一定会遇到很多的困难。例如刻划人物，虽然已经有很多理论家提供了很多办法，但还是解决不了我们在这一问题上的许多困难。我们的人物总是刻划不好。为什么在那些古典作家的作品里，三言两句，就使得一个并非主要的人物，也深刻的印证在读者的心里？为什么我们用这么多篇幅描写了的主要人物，还会被读者掩卷以后，立即遗忘？

这就不能不去学习，不能不发生向大作家学习的渴望。但是，学习的途径，不一定每个人都安排得很好。有的从理论书上找到一些条文，按性格、环境、内心、行动……等等方面，去捏造他的人物，有的从一些当代名家的作品里去学习那些能以或是已经招致了彩声和掌声的“风格”。如果学习得好，我相信是会有好处的。但这种学习，像勉强学习别人的举止，那些学习来的成果，常常是不自然的，反而掩杀了他本身的天真的特质。

我们的文坛，有的时候被想象做看台一样。初学写作者自然羡慕那些站在上面一层的人．他们想找些简便的办法，平步登云，和那些人站在一道去。有的人，写过几篇文章，便不知道为什么骄傲起来，在作品中，也要装个样儿，这也是使作品失去朴素，装塞浮夸的一个原因。

这就使得文坛上的浮沉起伏的现象，频繁和急骤起来。在文学园地里，新的花朵不断开放，新的果实不断结成，新的林木不断矗立起来。这是很好的现象。有的作品能够像恒星一样，在天空长期悬照，但也有的像流星一样，很快地殒落了，即使它当时带有多么摇曳强烈的光辉。

这些自然现象，只能促使我们自警，不断地努力，却不能采取什么别的手段，勉强维持自己的作家的名气。作家应该有修养，有把持，就是认真地、坚韧地深入生活，从切实的阶梯，攀上文坛的高垒。

这样，我们就应该从契诃夫的创作道路学习。契诃夫说：

“一个人必须……不顾惜自己地……工作了一生。”

契诃夫从学生时代，就开始写作了。从幼年，他就积累了很多深切的生活感受，契诃夫是一个很善观察和想象的人。他一开始写作，就表现了很大的毅力，他写得很多很快。写得多和快，这常常是表现着作者生活感受的丰富和创作热情的高涨。他常常写着一篇故事就想起了另外一篇，他在业余的时间，一个晚上就能完成一篇小说。这种顽强的创作实践的精神，是契诃夫创作成功的一个重要因素。

当然，契诃夫向编辑们说过这样的话，他指着桌上的一个烟盘说：如果你要一个这样题目的故事，明天便可以交给你一篇。这并不是玩笑话，更不能说契诃夫创作态度不严肃。他所以能够这样保证，是因为他素常积累的材料很多，构思的方面很广，他的创作要求，像喷泉一样，能满足和冲激到各个方面。

契诃夫一直没有离开群众，一直没有减低对人民生活的关怀。他担任医生，很长时间做慈善事业，做调查工作。医务工作，使他有机会接触到各方面的人。

根据人们对他的回忆，忠诚和朴实是作家契诃夫人格的主要特色。这种特色突出的、自然的表现在他的作品里，形成他特有的风格。从他早期的作品，那篇诗一样的小说《草原》，我们就完全为作家的这种伟大的胸怀感动了。

这种伟大的胸怀，真正拥抱和了解了他那国土的全部事物，表现在他对人的美丽的和善良的品格的发扬和维护，对于弱小的和不幸的扶养和同情。他常常为美丽的东西被丑恶的东西破坏而痛心，即便是一棵小小的花树，一只默默的水鸟或一处荒废了的田园。他对俄罗斯人民的伟大的可尊敬的性格，抱有坚强的自信，对于他的祖国必然走向幸福富庶之途，作过无数次的辩证和召唤。

关于契诃夫在文学事业上所达到的高尚的成果，我想不用再来赘述。我们只想说，契诃夫的作品曾经坚定了他同时代人民的善良的信心，并热烈地鼓励了他们。他全力追求的是快乐和幸福。冷漠和孤僻与他绝对无缘。他的作品会永久有助和有益于人类向上的灵魂。当然我们也反对把契诃夫拉出他的时代，强加给他在当时不可能完成的任务。

我们只想说明契诃夫具备一个当做作家来看的完整的品格。这种品格是应该学习的。这种品格从大的方面来说，是作家对他的祖国和人民的改革和进步所做的重大的努力，他所表现的高贵的责任心、忠实性，以及无微不至的关怀。具体到作家本身，契诃夫有着完整的个人品格，在完成社会职责和做人的道德上，有很多值得我们学习的地方。

我想不会有人把契诃夫那贯注一生的对事业的认真，对朋友和同志的信用和帮助，对家庭成员：母亲、弟妹、妻子的强烈的爱，看做“旧道德”吧。今年纪念契诃夫的时候，我想会有他的妹妹和妻子的声音，在契诃夫生时，她们是多么了解过和信赖过自己这一位善良的亲人啊！她们会更多地告诉我们契诃夫在日常生活里的对人的真诚和爱。

所有这一切，在契诃夫那里，都是朴实的、自然的。契诃夫非常反对造作。他有一次说：有些真正像虎狼一样的人，有时还把爪牙隐蔽起来，装做安详的样儿，而有些文人，却把自己装扮成张牙舞爪的样儿。他觉得很奇怪。这种造作表现在作品上就会是自命不凡，虚伪夸张，大声喊叫，企图叫读者认为这篇文章的作者，确是一个英雄，一个大力士，一个时代的歌手。

做人的朴实和文字的朴实有密切的关联。有时候，是因为作者脱离实际，本钱小了，不得不装模做样，故弄玄虚。有时候，是盲目地学习的结果。前些时候，我看过一个同志寄来的小说，内容很充实，文字也很朴素，有些中国古典白话短篇小说的风格，这篇作品后来在一个刊物上发表了。过了一个时期，又有机会看到了这位同志写来的一篇作品，在这篇作品里，情节本来很简单，但文章写得很长，原因是他叫他的人物说了很多无谓的话，做了很多无理取闹的行动，想了很多奇奇怪怪的问题。在夜晚，这个人物起来又躺下，躺下又起来，说一阵，想一阵。作品中充满一大段一大段的道理，哲理，实际上都是没用的话。而他写的是一个久经考验的战斗员，这种写法很明显的和人物的性格不相称。这篇作品，被删去了二分之一，留下了那些实际的可能的东西也发表了。不知道这位同志，对这次删改是什么看法，会从中吸取什么教训。我们觉得这样删改是对的，是去伪存真的工作。这就是因为作者要学习什么，学坏了。他忘记了，作家主要的要向生活学习。生活本身，即便是激烈动荡的场面，也可以用朴实的笔法表现出来，这就是现实主义的功力。真实的朴素的表现一种事物，确实比喊叫着夸张着表现困难得多，但这正是现实主义较之那些空洞地渲染和虚伪地抒情更为可贵的地方，我们应该努力学习的地方。

有人说，目前这些不三不四的“性格”刻划，铺张浪费的“心理”描写，擦油抹粉的“风景”场面，是不学习民族遗产，醉心外国小说的结果。这是不正确的说法。固然，不学习民族遗产，是产生这种现象的一个原因，但任何好的外国作品都没有显示着这些造作。造作的本身只能归咎于作者生活的贫乏，和矫揉的创作态度。

从契诃夫的作品里，我们会学习到对待文学事业的朴实作风，他走过的这条从小到大，日积月累，从单纯到复杂的切实的创作道路，永久被强烈的阳光照耀着，通过繁盛的林木田野，广阔而长远。

“我承认，”有一位熟知契诃夫的人说，“我遇见过和契诃夫一样诚实的人。但是像契诃夫那样朴质，那样不装腔不矫情的人，我却从没见过第二位。”

一九五四年六月二十四日

关于《聊斋志异》

我读书很慢，遇到好书好文章，总是细细咀嚼品味，生怕一下读完。所以遇到一部长篇，比如说二十万字的书，学习所需的时日，说起来别人总会非常奇怪。我对于那些一个晚上能看完几十万字小说的人，也是叹为神速的。

《聊斋志异》这部小说，我不是一口气读完，断断续续读了若干年。那时，我在冀中平原做农村工作，农村书籍很缺，加上日本帝国主义的烧掠，成本成套的书是不容易见到的。不知为了什么，我总有不少机会能在老乡家的桌面上、窗台上，看到一两本《聊斋》，当然很不完整，也只是限于石印本。

即使是石印本的《聊斋》吧，在农村能经常遇到，这也并不简单。农村很少藏书之家，能买得起一部《聊斋》，这也并非容易的事。这总是因为老一辈人在外做些事情，或者在村里经营一种商业，才有可能储存这样一部书。

石印本一般是八本十六卷。这家存有前几本，过些日子，我又在别的村庄读到后几本，也许遇到的又是前几本，当然也不肯放过，就再读一遍。这样，综错回环，经过若干年月，我读完了《聊斋》，其中若干篇，读了当然不止一次。

最初，我是喜欢比较长的那些篇，比如《阿绣》、《小翠》、《胭脂》、《白秋练》、《陈云楼》等。因为这些篇故事较长，情意缠绵，适合青年人的口味。

书必通俗方传远。像《聊斋》这部书，以文言描写人事景物，在很大程度上，限制了它的读者面。但是，自从它出世以来，流传竟这样广，甚至偏僻乡村也不断有它的踪迹。这就证明：文学作品通俗不通俗，并不仅仅限于文字，即形式，而主要是看内容，即它所表现的，是否与广大人民心心相印，情感相通，而为他们所喜闻乐见。

《聊斋志异》，是一部现实主义的书。它的内容和它的表现形式，在创作中，已经铸为一体。因此，即使经过怎样好的“白话翻译”，也必然不能与原作比拟。改编为剧曲，效果也是如此。可以说，“文言”这一形式，并没有限制或损害《聊斋》的艺术价值，而它的艺术成就，恰好是善于运用这种古老的文字形式。

过去有人谈过：《聊斋》作者，学什么像什么，学《史记》像《史记》，学《战国策》像《战国策》，学《檀弓》像《檀弓》。这些话，是贬低了《聊斋》作者。他并不是模拟古人古书，他是在进行创作。他在适当的地方，即故事情节不得不然的场所，吸取古人修词方法的精华，使叙事行文，或人物对话，呈现光彩夺目的姿态或惊心动魄的力量。这是水到渠成，大势所趋，是艺术的胜利突破，是蒲松龄的创造性成果。

行文和对话的漂亮修词，在《聊斋》一书中是屡见不鲜的。可以说，非同凡响的修词，是《聊斋》成功的重大因素之一。

接受前人的遗产，蒲松龄的努力是广泛深远的。作为《聊斋》一书的创作借鉴来说，他主要取法于唐人和唐人以前的小说。宋元明以来，对他来说，是不足挂齿的。他的文字生动跳跃，传情状物能力之强，无以复加的简洁精炼，形成了《聊斋》一书的精神主体。

在哲学意义上说，内容决定形式，形式对内容又起很大的反作用，即是内容和形式的辩证统一。这一般非只就一部作品完成了它的创作形态以后而说的，是指创作的全部过程。一种内容可以有各种形式，有成功或失败的形式。决定艺术作品成功与失败的，是作家对这一内容的思想、体验、选择和取舍，即艺术的全部手段。

汉代是一历史内容。它有《史记》和《汉书》两种不同的形式，各有千秋。另外还有许多不能完整流传下来的汉书，不能流传，自然是一种失败。

同样，《聊斋》所写，很多内容，是古已有之的。神怪小说，在中国文学史上，是汗牛充栋的。但是蒲松龄在这一领域，几乎是一人称霸。

什么原因？我在陆续阅读这部小说的时候，不能不想到这个问题。

鬼神志怪书，晋及六朝已盛行。真正成为文学创作，则是唐开元天宝以后的事。著名的作家有沈亚之、陈鸿、白行简、元稹、李公佐等。这些作家的作品，都明显地影响了《聊斋》。

唐人小说，包括大作家韩愈和柳宗元的作品在内，在创作上形成一个新的起点，继往开来，为中国短篇小说开扩出一种全新的境界。

唐人小说的特点：

一、很多作品，写的是真人真事，为各个阶层、各种职业的平凡人物作传。在这些传记性的作品里，都有鲜明的典型环境和人物性格，表明深湛的哲学道理，生活的不可抗拒的规律。它不再侈谈神怪，也不空谈因果。

二、他们不再把“小说”当作奇怪见闻、游戏文章，轻率地处理。而是郑重其事，严肃周密地去进行创作。他们的作品都含有人生和社会的重大命题。他们的故事生动曲折，主题鲜明突出，人物活泼可爱。他们从简单重复的神奇怪异的小圈子里走出来，到现实社会生活中去。这一时代的小说，现实主义的内含，特别突出显著。

三、唐代小说作者，也都是诗人，他们非常重视语言的艺术效果。在他们的散文作品里，叙事对话，简洁漂亮，哲理与形象交织，光彩照人。

这些特点，在宋元的同类作品中，逐渐减弱。一些作者，在小说中，有意卖弄才情，塞进大量无聊诗词，破坏小说的组织，使小说充满酸气。到了明末，好的传统可以说是消磨殆尽了。

《聊斋》一书，追溯唐人的现实主义源头。它把一束束春雨后的鲜花，抛向读者。

《聊斋志异》的现实主义成就，必然和作者的生活经历有关。据有关材料，蒲松龄的主要生活历程为：

一、明崇祯十三年，生于山东淄川县满井庄。

二、少有文才，但屡困场屋。

三、曾短期到江南宝应县任幕宾。

四、长期馆于同邑名人家。

蒲松龄在宝应县，只有一年多时间。他活了七十六岁，可以说，他整个一生是在故乡度过的。

农村是广阔的天地，人物众多，是文学创作取之不尽的最大最深的源泉，是民族历史文化的无尽宝藏，是国家经济政治最大的体现场所。所谓民间传说，民间故事，民间语言，对创作《聊斋》来说，都是宏伟的基础。蒲松龄这个生活根据地，可以说是长期而牢固的了。古今中外，凡是伟大的作家，没有不从农村大地吸取乳汁的。

在名人家坐馆，教授几个生徒，是很轻松的工作。他有充分的时间，从事采访、思考、观察和写作。鲁迅说：有闲不一定能创作，但要创作，则必须有一定的余闲。过于穷困，则要忙于衣食；过于富贵，则容易流于安逸。蒲松龄过的是清寒士子的生活，他兼理家务，可得温饱，因此，他可以专心著书。

到江淮旅行一次，对他创作也是有利的。往返途程，增加不少实际见闻，体验了各处风土人情，交了不少新的朋友，并收集到很多奇闻异事，作为他以后创作的素材。我们在《聊斋》中，常常见到一些江淮情景，就是此行的收获。

《聊斋》的题材，故乡的材料，占很大比重，包括历史传闻和亲身经历。他也从古代记事中取材，但为数不多。

蒲松龄在文学修养方面，取精用宏。中国的志异小说，有《太平广记》等专集，供他欣赏参考。但绝不限于此，他对于经史子集中的记事，无不精心研讨，推陈出新，汇百流为大海。

在技巧准备方面，他作了多方面的努力。据现有的材料，他曾写了文集十三卷；诗集五卷，又有续录；词集不分卷；杂著五册；戏三出；通俗俚曲十四种。

这些著作的总字数，大大超过了《聊斋》的字数，但总观一过，虽然都有独具风格的才情和内容，其成就皆不及《聊斋》。文绝一体，天才孤诣；参天者多独木，称岳者无双峰。蒲松龄倾其才力于一书，所遗留人间的，已号洋洋，我们还能向他多求吗？这些著作，对蒲松龄创作小说，都可以说是准备。

《聊斋》很多篇写了狐鬼，现实主义力量，使这些怪异，成了美人的面纱，铜像的遮布，伟大戏剧的前幕，无损于艺术的本身。蒲松龄所处的时代和社会，是很动乱和黑暗的，时代迫使作家采取了这种写法。作家在创作上，实际突破了时代和环境的樊篱。有很多作品，具备深刻的时代意义和社会意义，无情地对社会作了揭露和批判。他写的狐鬼，多数是可爱可亲近的。他把一些动物，比如狐、獐、猫、鼠；飞禽如鸽、鹌鹑、秦吉了；水族如鱼、蛙；虫类如蟋蟀、蝇、蝶，都赋与人的性格，而带有它们本身的生活特征。他对于植物，如菊、牡丹、耐冬的描述，尤其动人。他对于各种植物的生态，有很细致的研究。大如时代社会，天灾人祸；小如花鸟虫鱼，蒲松龄都经过深刻的观察体验，然后纳入他的故事，创作出别开生面、富有生机、饶有风趣的艺术品。在这部小说里，蒲松龄刻画了众多的聪明、善良、可爱的妇女形象，这是另一境界的大观园。

这是一部奇书，我是百看不厌的。而蒋瑞藻作《小说考证》，斥之为千篇一律，不愿再读。他所指盖为所写男女间的爱情以及女子之可喜可爱处。如此两端，在人世间实大同小异，有关小说，虽千奇百态，究竟仍归千篇一律，况《聊斋》所写，远不止此。蒋氏作考证，用力甚勤，而于文学创作，识见如此之偏窄，不知何故。

随着年龄和阅历的增长，我越来越喜爱那些更短的篇，例如《镜听》。同时，我也喜爱“异史氏曰”这种文字，我以为是直接承继了司马迁的真传。

蒲松龄也是发愤著书，终其生，他也没得见到他自己的辛勤著作印刷出版。

粗略地谈过这部名著，我们从作品和作家那里，能获得哪些有益的经验教训呢？

一九七八年七月二十三日

谈柳宗元

在旧社会，朋友是五伦之一。这方面的道义，古人看得很重。因为人在社会上工作、生活，就有一个人与人的关系问题。这一关系，在决定一个人的工作和生活的成败利钝方面，较之家庭，尤为重要。所以，古往今来，有很多文章、戏曲，记述朋友之道，以教育后人，影响社会。

讲朋友故事的文学作品，在中国有相当大的数量。有些并不是一般人所能做得到的，也是很难学习的。这些故事，常常赋予人物以重大的矛盾冲突，其结局多带有悲剧的性质。有的表面看来，矛盾冲突并不那样严重，只是志同道合，报答知己，比如挂剑摔琴之类。

古代的友道，现在看来，似乎没有阶级性，现在新的概念是同志或战友。

中国古文中有一种文体，叫“诔”。在历代文集中，它占有相当的位置。字典上说，诔就是：哀死而述其行之辞。就是现在的悼念文章，都是生者怀念他的死去的同志的。此体而外，古文中还有悼诗、挽歌、碑文、墓志、行状、吊文、祭文等等。可见，中国文学用之于死人者，在过去实在是分量太大了。

纪念死者，主要是为了教育生者。如果不是这样，过去这些文章，就没有存在的价值了。

唐代韩愈写的《柳宗元墓志铭》，是作家悼念作家的文章。他真实而生动地记述和描写了当时文人相交的一些情况，文章写得很是精辟。在这篇文章里，我初次见到了“落井下石”一词和挤之落井的“挤”字。

“四人帮”把柳宗元拉入法家，我不懂历史，莫明其妙。大概是这些政治暴发户，看上了柳宗元的躁进这一特点吧。但无论如何，柳宗元也不会喜欢他们这种乱拜祖先的做法的。

我很喜欢柳宗元的文章。他的文章都写得很短，包含着很深的人生哲理。这种哲理，不是凭空设想，而是从现实生活中体验得来。我很少见到像他这样把哲理和现实生活，真正形成血肉一体的艺术功力。他还能把自然界、人的日常生活中的现象，和政治思想、社会组织联系起来。就是说，他能用自然规律、生活规律，表达他对政治、对社会的见解和理想，使天人互通，把天道和人道统一起来。他用以表达这样奥秘的道理的手段，却是活生生的，人人习见的现实生活的精细描绘。

例如《河间传》这篇纪事，后人是把它编入外集的，并不是柳文的典范之作。就是这样一篇文章，也充分显示了柳宗元对现实生活的深刻剖析的艺术能力，同时包含了一种可怕的人生几微。

柳宗元是很天真的。他原来是没经过什么挫折，一帆风顺地走上政治舞台的。一旦不幸，他就经不起风浪，表现得非常狼狈。连和他有同样遭遇的苏东坡，也说他不行。一流放到永州，他就丢魂落魄，头也不梳，脸也不洗，浑身泥垢，指甲很长。我没有到过永州，不熟悉那里的自然环境。据他自述：到野外散散步，消消愁闷吧，又怕遇见蛇咬他，又怕遇见大蜂螫他，还怕水边有一种虫子，能含沙射向他的影子，使他生疮。遇到风景幽静的地方，他又不敢久停，急忙回家。嬉笑之怒，长歌之哀，看来是很有些神经衰弱了。

中国古代谚语：在东方失去的东西，会在西方得到。柳宗元到永州以后，他的生活视野、思想深度，大大扩展加强了。他认真地、系统地读了很多书，他对所闻所见的生活现象、自然景物，反复研究思考，然后加以极其深刻、极其传神的描画。他在这一时期的作品，登峰造极，辉煌地列入中国文学遗产的宝库。

中国封建社会的政治上的流放刑废，使历史上增加了很多伟大的作家。这些人，可能本来就不是政治上的而应该是文学上的大材。王安石论及八司马，有一段话十分透辟。

毕竟文人是很脆弱的。他付出的劳力过重，所经的忧患过深，所处的境遇过苦，在好容易盼到量移柳州之后不久，就死去了，仅仅四十七岁。

柳宗元死后，他的朋友刘禹锡一祭再祭，都有文章。朋友中间，以韩愈名望最重，所以请他写了墓志铭。这些文章，并不能达于幽冥，安慰死者，但流传下来，对于后代研究柳文者，却有知人论世之用。

这一非凡的生命的不正常的终结，当然不是“始以童子有奇名”，后“为名进士”，“以文章称首”的青年时代的柳宗元，所能预料到的。

柳宗元遭遇如此坎坷，是有自己的弱点，确实犯了错误，并非完全是无辜受害、或有功反受害，含冤而死。他自己说：“立身一败，万事瓦裂，身残家破，为世大僇。”如果不是假检讨，那么就是“皆自所求取得之，又何怪也”。朋友们也说到他的缺点，韩愈说他“不自贵重”，刘禹锡说他是“疏儁少检”。

仔细想来，柳宗元在当时，对于国家，对于人民，并没有斩将搴旗、争城夺地的功劳。他所遭际的，不过是当时习见的官场失意。再说，司马虽小，但究竟还是官职，他可以携带家口，并有僮仆，还可以买地辟园，傲啸山水，读书作文，垂名后世，可以说是不幸之幸。

我从青年时期，列身战斗的行伍，对于旧的朋友之道，是不大讲求的。后来因为身体不好，不耐烦嚣，平时不好宾客，也很少外出交游。对于同志、战友，也不作过严的要求，以为自己也不一定做得到的事，就不要责备人家。

自从一九七六年，我开始能表达一点真实的情感的时候，我却非常怀念这些年死去的伙伴，想写一点什么来纪念我们过去那一段难得再有的战斗生活。这种感情，强烈而迫切，慨叹而戚怆，但拿起笔来，又茫然不知从何说起。我们习惯于听评书掉泪，替古人担忧，在揭示现实生活方面，其能力和胆量确是有逊于古人了。

一九七八年十二月二十日

《红楼梦》杂说

清兵的入关，使中国封建社会的阶级关系，发生新的畸形的变化。民族压迫和阶级压迫交织在一起，相互促进，广大农民所受的剥削和压榨，更加深重了。汉人变成了旗人的奴隶，原来的地主阶级，把所受旗人的剥夺，转嫁给他们的奴隶——农民。随龙入关的，数以百万计的控弦之士，连同他们为数众多的家属，不劳而食，拥有庄园、商业、作坊。

统一全国后，上层统治者中间的矛盾斗争，愈演愈烈，父子兄弟之间，倾陷残杀。因此，就愈严等级之分，上下之别，层层统制，互相监视。政治方面的这种风气，由宫廷而官场，由官场而散布于社会，形成观念和风习。

《郎潜纪闻》一书中记载：在这一时期，每年只京城一地，旗人的奴仆，因不堪虐待，自杀身死，申报到刑部的，就数以千计。其隐瞒不报，或贫病而死的，还不知有多少。这一广大的奴隶群，身价之低贱，命运之悲惨，走投之无路，已经可见一斑。

旗人除强占土地、房屋、财产以外，还将大量的奴隶，收入他们的府内。其中包括大量的男女小孩，多数是京畿一带农民的子女。

这些奴隶，也把他们的社会关系，生活习惯，民间语言，民间传说，带进宫廷、官府，如此就大大丰富了像曹雪芹这些人的生活知识和语言仓库。

清代统治者，原来也设想，就保持他们的无文化或低文化状态，并在汉民中也推行这种愚民政策，以弓马的优势，统治中国。但这是不可能的。文化对于人民，如同菽粟，高级的进步的文化，必然要影响低级落后的文化，而促使其进步，必然要像水向低处流，填补其空白区。

雍、乾时期，旗人的文化生活，逐渐丰富起来。皇帝三令五申，也阻止不住它的飞速发展。皇帝愿意他的旗下奴隶，继续练习弓马，准备为朝廷效力（就像贾珍教训子弟那样）。限制他们与汉人文士交接往来，养成舞文弄墨的恶劣习惯。但他们却非要吟诗作赋，写字画画不可。他们不事生产，养尊处优，在中国文化的美丽奇幻的长江大河之中，畅游不息，充军杀头，也控制不住这种趋势。于是在很短的时间里，就出现了那么多的八旗名士。

这一部分人，对于他们面临的现实生活，政治设施，社会现象，有较深的观察能力和理解能力，也具备了一定的表现能力。而曹雪芹无疑是这些人中间的佼佼者。

当然，曹雪芹感受最深的，是他本阶级的飘摇以及他的家庭的突然中落。大家知道，在雍、乾两朝，像曹家这种遭遇，并不是个别少见，而是接踵而来，司空见惯的。雍正皇帝，以抄臣民的家，作为他主要的统治手段，并且直言不讳，得意洋洋，认为是一种杰作。他刻薄寡恩，利用奸民家奴，侦察倾陷大臣，用朱批谕旨，牵制封疆，用圣谕广训，禁锢人民思想，使朝野上下，日处于惊惶恐怖之中。曹家的亲友，就不断发生类似的飞灾横祸。

曹雪芹面对这种现实，他思考、探讨，并企图得到答案：什么是人生？人生为何如此？

他从现实生活中，归结出一个普遍的规律：生活在时刻变化，变化无常，并不断向相反的方面转化。决定人生命运的，不是自己，而是外界的一种力量。这种力量，有时可知，有时不可知。他痛感身不由主，“好”“了”相寻，谋求解脱，而又处于无可奈何之中。

在命运的轮转推移中，遭逢不幸，并不限于底下层，也包括那些最上层——高官命妇，公子小姐。曹雪芹的思想是入世的，是热爱人生的，是赞美人生的。他认为世界上有如此众多的可爱的人物和性格，他为他们的不幸，流下了热泪，以至泪尽而逝。

是的，只有完全体验了人生的各种滋味，即经历了生离死别，悲欢离合，兴衰成败，贫富荣辱，才能了解全部人生。否则，只能说是知道人生的一半。曹雪芹是知道全部人生的，这就是红书上所谓“过来人”。

历史上“过来人”是那样多，可以说是恒河沙数，为什么历史上的伟大作品，却寥若晨星，很不相称呢？这是因为“过来人”经过一番浩劫之后，容易产生消极思想，心有余悸，不敢正视现实。

或逃于庄，或遁于禅，自南北朝以后，尤其如此。而曹雪芹虽亦有些这方面的影子，总的说来，振奋多了，所以极为可贵。

因此，《红楼梦》绝不是出世的书，也不是劝诫的书，也不是暴露的书，也不是作者的自传。它是经历了人生全过程之后，在丰富的生活基础上，产生了现实主义，而严肃的现实主义，产生了完全创新的艺术。

我们可以用陈旧的话说：《红楼梦》是为人生的艺术，它的主题思想，是热望解放人生，解放个性。

一九七九年二月四日重写

欧阳修的散文

世称唐宋八家，实以韩柳欧苏为最，其他四位，应说是政治家，而非文学家。欧阳修的文风接近柳宗元，他是严格的现实主义者。苏轼宗韩，为文多浮夸嚣张之气，常常是胸中先有一篇大道理，然后归纳成一句警语，在文章开始就亮出来。

欧阳修的文章，常常是从平易近人处出发，从入情入理的具体事物出发，从极平凡的道理出发。及至写到中间，或写到最后，其文章所含蓄的道理，也是惊人不凡的。而留下的印象，比大声喧唱者，尤为深刻。

欧阳修虽也自负，但他并不是天才的作家。他是认真观察，反复思考，融合于心，然后执笔，写成文章，又不厌其烦的推敲修改。他的文章实以力得来，非以才得来。

在文章的最关键处，他常常变换语法，使他的文章和道理，给人留下新鲜深刻的印象。例如《泷冈阡表》里的："夫养不必丰，要于孝。利虽不得博于物，要其心之厚于仁。"

在外集卷十三，另有一篇《先君墓表》，据说是《泷冈阡表》的初稿，文字很有不同，这一段的原稿文字是：

“夫士有用舍，志之得施与否，不在己。而为仁与孝，不取于人也。”

显然，经过删润的文字，更深刻新颖，更与内容主题合拍。

原稿最后，是一大段四字句韵文，后来删去，改为散文而富于节奏：

“呜呼，为善无不报，而迟速有时，此理之常也。惟我祖考，积善成德，宜享其隆。虽不克有于其躬，而赐爵受封，显荣褒大，实有三朝之锡命。”

结尾，列自己封爵全衔，以尊荣其父母。从此可见，欧阳修修改文章，是剪去蔓弱使主题思想更突出。此文只记父母的身教言教，表彰先人遗德，丝毫不及他事。《泷冈阡表》共一千五百字，是欧阳修重点文章，用心之作。

《相州昼锦堂记》是记韩琦的。欧阳与韩，政治见解相同，韩为前辈，当时是宰相。但文章内无溢美之词，立论宏远正大，并突出最能代表相业的如下一节：“至于临大事，决大议，垂绅正笏，不动声色，而措天下于泰山之安，可谓社稷之臣矣。”

这篇被时人称为“天下文章，莫大于是”的作品，共七百五十个字。

我们都喜欢读《醉翁亭记》，并惊叹欧阳修用了那么多的“也”字。问题当然不在这些“也”字，这些“也”字，不过像楚辞里的那些“兮”字，去掉一些，丝毫不减此文的价值。文章的真正工力，在于写实；写实的独到之处，在于层次明晰，合理展开；在于情景交融，人地相当；在于处处自然，不伤造作。

韩文多怪僻。欧阳修幼时，最初读的是韩文，韩应是他的启蒙老师。为什么我说他宗柳呢？一经比较，我们就会看出欧、韩的不同处，这是文章本质的不同。这和作家经历、见识、气质有关。韩愈一生想做大官，而终于做不成；欧阳修的官，可以说是做大了，但他遭受的坎坷，内心的痛苦，也非韩愈所能梦想。因此，欧文多从实际出发，富有人生根据，并对事物有准确看法，这一点，他是和柳宗元更为接近的。

欧阳修的其他杂著，《集古录跋尾》，是这种著作的继往开来之作。因为他的精细的考订和具有卓识的鉴赏，一直被后人重视。他的笔记《归田录》，不只在宋人笔记中首屈一指，即在后来笔记小说的海洋里，也一直是规范之作。他撰述的《新五代史》，我在一年夏天，逐字逐句读了一遍。一种史书，能使人手不释卷，全部读下去，是很不容易的。即如《史记》、《汉书》，有些篇章，也是干燥无味的。为什么他写的《新五代史》，能这样吸引人，简直像一部很好的文学著作呢？这是因为，欧阳修在《旧五代史》的基础上，删繁就简，着重记载人物事迹，史实连贯，人物性格突出完整。所见者大，所记者实，所论者正中要害，确是一部很好的史书。这是他一贯的求实作风，在史学上的表现。

据韩琦撰墓志铭，欧阳修“嘉祐三年夏，兼龙图阁学士，权知开封府事。前尹孝肃包公，以威严得名，都下震恐。而公动必循理，不求赫赫之誉。或以少风采为言，公曰，人才性各有短长，吾之长止于此，恶可勉其所短以徇人邪！既而京师亦治”。从此处，可以看出他的为人处世的作风，这种实事求是的工作态度，必然也反映到他的为文上。

他居官并不顺利，曾两次因朝廷宗派之争，受到诬陷，事连帷薄，暧昧难明。欧阳修能坚持斗争，终于使真相大白于天下，恶人受到惩罚。但他自己也遭到坎坷，屡次下放州郡，不到四十岁，须发尽白，皇帝见到，都觉得可怜。

据吴充所为行状：“嘉祐初，公知贡举，时举者为文，以新奇相尚，文体大坏。公深革其弊。前以怪僻在高第者，黜之几尽。务求平澹典要。士人初怨怒骂讥，中稍信服，已而文格遂变而复正者，公之力也。”

韩琦称赞他的文章，“得之自然，非学所至。超然独骛，众莫能及。譬夫天地之妙，造化万物，动者植者，无细与大，不见痕迹，自极其工。于是文风一变，时人竞为模范”。

道德文章的统一，为人与为文的风格统一，才能成为一代文章的模范。欧阳修为人忠诚厚重，在朝如此，对朋友如此，观察事物，评论得失，无不如此。自然、朴实，加上艺术上的不断探索，精益求精，使得他的文章，如此见重于当时，推仰于后世。

古代散文，并非文章的一体，而是许多文体的总称。包括：论、记、序、传、书、祭文、墓志等。这些文体，在写作时，都有具体的对象，有具体的内容。古代散文，很少是悬空设想，随意出之的。当然，在某一文章中，作者可因事立志，发挥自己的见解，但究竟有所依据，不尚空谈。因此，古代散文，多是有内容的，有时代形象和时代感觉的。文章也都很短小。

近来我们的散文，多变成了“散文诗”，或“散文小说”。内容脱离社会实际，多作者主观幻想之言。古代散文以及任何文体，文字虽讲求艺术，题目都力求朴素无华，字少而富有含蓄，今日文章题目，多如农村酒招，华丽而破旧，一语道破整篇内容。散文如无具体约束，无真情实感，就会枝蔓无边。近来的散文，篇幅都在数千字以上，甚至有过万者，古代实少有之。

散文乃是对韵文而言，现在有一种误解，好像散文就是松散的文章，随便的文体。其实，中国散文的特点，是组织要求严密，形体要求短小。思想要求集中。我们从以上所举欧阳修的三篇散文，就可以领略。至于那种称做随笔的，是另外一种文体，是执笔则可为之的，外国叫做 Essay。和散文并非一回事。

现在还有人鼓吹，要加强散文的“诗意”。中国古代散文，其取胜之处，从不在于诗，而在于理。它从具体事物写起，然后引申出一种见解，一种道理。这种见解和道理，因为是从实际出发的，就为人们所承认、信服，如此形成这篇散文的生命。

一九八〇年五月

关于纪昀的通信

柳溪同志：

收到你十月十五日从盘山写来的信。因为我又闹病，迟复了几天，甚歉！

虽然我们相识几十年了，我还不知你是纪昀（晓岚）的后裔，实在不敬得很。我是很佩服他的，这倒不是因为在我们北方，有许多关于他的民间传说。

你的太高祖的官阶，并不止于“编修”，他历任过侍读学士、内阁学士、兵部右侍郎、左都御史，一直到礼部尚书。

他编纂的书，不叫《四库备要》，叫《四库全书》，他是四库全书馆的总纂官，就是现在的“主编”或“总编”。他的主要工作，是为这些书撰写“提要”。

《四库全书总目提要》并不是近年来才得到好评。这是一部非常伟大的学术著作。我曾有一部商务出版的万有文库本，那样小的字，还有四十多本，是一部内容浩瀚的大书。它一直享有盛誉，随着年代的推移，它的价值，将越来越高，百代以后，它一定会成为中国文化的经典著作。

令太高祖为四库书所作的“提要”，在有清一代，已经被誉为：“大而经史子集，以及医卜辞曲之类，其评论抉奥阐幽，词明理正，识力在王仲宝阮孝绪之上，可谓通儒矣!”

我以为更难得的是，像这样的学术著作，使人读起来，并不感觉枯燥，并且时常有他那独特的幽默犀利的文笔出现，使人于得到明确的知识之外，还能得到文学艺术的享受。

鲁迅对他的评价是很高的，见于《中国小说史略》。我并不记得鲁迅骂过他“汉奸”。

当然，乾隆皇帝修《四库全书》有其政治上的目的，经过这一次纂修，中国文化遭到了一次浩劫。但事物总是要一分为二的，这一反动措施，也带来一些正面好处。除去它辑存了一些已佚的古籍(如从《永乐大典》辑录的一些书)，最大的成就，就是纪氏所撰述的《四库全书总目提要》和《简明目录》。

此外，你来信说：“我常想，如果我这位太高祖，当年不是乾隆的编修，而像蒲松龄那样一生贫困、治学、读书、著书，当比留存下来的《阅微草堂笔记》会好些。不知你同意我的看法否?”

我不同意你的看法。第一，作家和作品，不能作等同比较。第二，贫困并不是决定作品质量的因素。虽然，中国有一句“穷而后工”的说法。但这个穷字并非专指贫困。第三，《阅微草堂笔记》的成就，并不能说就比《聊斋志异》低下。

《阅微草堂笔记》是一部成就很高的笔记小说，它的写法及其作用，都不同于《聊斋志异》。直到目前，它仍然在中国文学史上，占有其他同类作品不能超越的位置。它与《聊斋志异》是异曲同工的两大绝调。

这是一部非常写实的书，纪昀用他亲身见闻的一些生活琐事，说明社会生活中的因果问题。它并不是唯心宿命的，它的道理是从现实生活中演绎出来的。因果报应，并不完全是迷信的，因果就是自然规律。

至于文字之简洁锋利，说理之透澈周密，是只有纪昀的文笔，才能达到的。我常常想，清代枯燥的考据之学，影响所及，使文学失去了许多生机。但是这种一针见血、无懈可击的刀笔文风，却是清朝文字的一大特色。

评价历史人物，一定要考虑到他的历史处境。令太高祖的处境，是并不太理想的。姑不论在异族统治之下，就是这位乾隆皇帝，虽然表面上有改父风，但仍然是很不好对付的。特别是在他手下做文字工作。这位皇帝当面骂纪昀为腐儒，就是说，他把文人还是作为“倡优畜之”的。另一次因为受别人牵连，他把纪昀充军乌鲁木齐，这是大家都知道的。

问题在于，在这位皇帝面前，纪昀以怎样的态度做官呢？事隔久远，我的历史知识很差，不能凭空臆测，但据一些记载，纪昀是采取了“投其所好”的办法。

什么叫“投其所好”呢？比如纪昀看准了乾隆皇帝的性格特点是好“高人一等”，是最高的“自是”人物。他在精心校对《四库全书》的时候，就故意留一两处漏校的地方，这些漏校，都放在容易发见之处。把书缮写清楚之后，上呈御览。

皇帝很容易就发见了这种错处，于是得意洋洋地下一道谕旨：对总纂官加以申斥，并且罚俸！

就这样，纪昀在担任总纂官的年月里，被申斥罚俸很多次。

像这样的自屈自卑，以增强统治者的自尊自是感，已经超出了中国古代美誉归于尊者的教训，叫我们现在看来，是有些莫名其妙的。其实，这是封建社会做官的一种妙诀，很多人就是因为这样，才能为皇帝容纳、喜欢，一直升官的。

这当然不能概括纪昀的全部，只能说是他的一种逸闻，我提到这一点，并不是存心对他不恭敬。

比他早一些，康熙朝有一位高士奇，这也是一位有名的文士。他在扈从皇帝到你目前所在的盘山一带，行围射猎的时候，皇帝的马惊了，皇帝掉了下来，身上沾了一些泥土，很不高兴。高士奇得知后，自己故意滚到泥洼里，带着浑身泥水跑到皇帝跟前，诉说自己的不幸遭调，使皇帝变恼怒为高兴。他这种做法，比起纪昀，就更等而下之了。如果我们只看他的文集，能想象出他的这种作为吗？有些影射小说的爱好者，说高士奇是《红楼梦》里薛宝钗的模特儿。你想，薛姑娘无论如何不好，能做出这种勾当吗？

另有一件关于纪昀的逸事是：纪昀死去老伴，有悼亡之戚。皇帝问他心中如何，他给皇帝背诵了《兰亭集序》中“夫人之相与”一段，引逗得皇帝大笑。这种文字游戏，不只有玷名篇，也略见君臣之间日常相处的风格面貌。

这只是说明，纪昀当时的处境，并不像一般人所羡慕的那样得意，是有很多难言之苦的。

他是真正的才子，他的毕生才力都灌注到了前面提到的那部大书里。他所留下的《纪文达公遗集》，实在没有什么内容，都是应酬之作，纤细轻浮，故流传不广。但他弄的那些楹联之类的小玩艺，却很有意思，是别人不能及的。所以说，受时代限制，他的才力并没有得到充分的发挥，这是非常可惜的。

至于他为官的政绩，只能说是平平，无可称述，这也是时代环境使然。

基于对他的尊重，我写了对他的一些极其肤浅的印象。我想你应该根据家乘材料，对他作一些系统研究，写成文章。我这封信，算是对你的鼓动吧！

专此

敬礼！

孙犁

一九八〇年十月二十四日

谈笔记小说

中国的所谓笔记小说，由来已久，汉晋已有，就是先秦经籍中，也有类似的断片。至唐、宋而大兴，推演至明清，这种书籍，可以说是浩如烟海，杂列并陈，在中国文化遗产中，占有很大的部分。在寒斋的藏书中，也占很大的比重，几几乎有三分之一。

这原因是，我学习小说写作，初以为笔记小说，与这一学问有关。后来才知道，虽然历代相沿这样一个题目，其实是两回事：笔记是笔记，小说是小说，不能混为一谈。就是合编在一本书里，也应有所区别。古时，把这种文章是称为笔记的，如《西京杂记》、《太平广记》，后人才加上小说二字。再后又有人汇刊为《小说大观》、《说郛》、《类说》、《稗海》等书，就以为其中都是小说了。古时既以街谈巷议为小说，因此类似街谈巷议的笔记，也定为小说，自无不可。但从此笔记和小说含义也就混同起来了。笔记小说的含义，和后来小说的含义，有很大不同。

我们按照今天小说的含义，去分析古代的笔记小说，其中大部分是笔记，但也有一小部分，可以称为小说。例如《西京杂记》、《酉阳杂俎》这些古书，里面就包含一部分小说。

中国小说史，把《世说新语》列为小说。因为这部书主要记的是人物的言行，有所剪裁、取舍，也有所渲染、抑扬。而且文采斐然，语言生动，意境玄远。至于后来这一体系的书，如《续世说》、《今世说》、《新世说》、《唐语林》、《何氏语林》等，因既无创造，亦无文采，就只能称之为笔记，不能再称为小说了。

亦有虽标笔记之名，而实为小说者。如纪昀之《阅微草堂笔记》。乍看也可算是笔记，然所记中，既有作者的主观寓意，又多想象描写，文采副之，实是文学作品，不是零碎材料。流风所至，清朝末年产生了一批仍以笔记相称，而实际已脱离笔记轨道的小说，如《淞隐漫录》等。其中上乘者少，下乘者多，内容与形式，都流于肤浅无聊。

所以，今天中华书局等出版部门，整理这类书籍，都已经正其名曰“笔记”，如唐宋笔记、明清笔记，不再称“小说”。

笔记主要是记载一朝一代的军国大事，朝政得失，典章文物。或是记述一代人物的思想言行。其目的都标榜是为补正史之不足，或是以世道人心为念，记述前事，作为借鉴，教育后人。文字都是简短的，每条自成起讫。

我的唐人笔记，有十几种。宋人笔记有数十种。宋人的笔记，流传下来的这样多，是因为印刷术的进步。也因为有很长时期，国家太平无事。

这些书，有些是过去商务编印的丛书集成的另种，有些是涵芬楼校印的线装宋元笔记，有些是近年古籍出版社和中华书局的新印本。元、明、清的笔记，也有几十种。其中石印本的清人笔记，多已送人。但重要的著作，近年新整理的本子，还有不少。还有一些木版的笔记，大都是过去木版丛书的另种。其中知不足斋丛书另本最多。

既然购置了如许多的笔记，当然也看过一部分。我的印象是：唐人的笔记，多系名家作品，文笔好，内容也扎实，有意义，最可读。宋人的笔记，多出自名公巨卿，内容也充实，有史料价值。但有些已经杂乱起来，因此有高下之分。要之如司马光之《涑水纪闻》，欧阳修之《归田录》，识见，文笔，取材，都高人一等。因为这些大人物既能见闻大事，所记能存真，又有修养，对材料能取舍，有判断。不像后来明、清的一些笔记，以山野草茅，妄谈朝堂宫苑之事，辗转传闻，致有千里之失。笔记也像其他著作一样，越古老越可观，因所记材料宝贵也。明清笔记虽多，没有经过时间的淘汰，还处在一种糠米不分的状态。

有笔记式的小说，有小说式的笔记。如《夷坚志》，笔记式的小说也。如《东轩笔录》，则有很多条目，是小说式的笔记。

笔记以记载史实，一代文献典故为主，如宋之《东斋记事》、《国老谈苑》、《渑水燕谈录》，所记史料翔实，为人称道。如《梦溪笔谈》、《容斋随笔》，则以科学研究学术成绩，及作者之见解修养为人重视。

笔记，常常也有所谓秘本、抄本的新发见，然不一定都有多大价值。有价值之书，按一般规律，应该早有刊刻，已经广为流传，虽遭禁止，亦不能遏其通行。迟迟无刻本，只有抄本，自有其行之不远的原因。我向来对什么秘籍、孤本、抄本，兴趣不大。过去涵芬楼陆续印行之秘籍，实无多少佳作。

有的笔记，名声赫赫，印刷亦精，但也不一定就证明其杰出。如清之《两般秋雨盦随笔》，各种印本，一再发行，只为其文字浅近，内容亦为浅识者所喜而已。亦有虽系名家所记，然内容杂乱无章，比较零碎，如《随园随笔》。

元明笔记，就其内容规模而言，仍以《南村辍耕录》及《万历野获编》为佳。

笔记以内容真实客观，作者态度端正为主。文胜于质，不如质胜于文。金刘祁《归潜志》中，载《录崔立碑事》一则，对自己参与为叛将撰写碑记，详叙经过，自我反省。人以为诚信，推重其著作，所记史实，多为正史所收取。宋蔡絛《铁围山丛谈》，多文过饰非之作，正与其处世为人同。然此等书，不可因人废言，认真察看，亦有可取之处。

清代的笔记虽然多，我认真地即是通篇读过的，有《啸亭杂录》、《永宪录》、《郎潜纪闻》等。《郎潜纪闻》共“三笔”，作者陈康祺。文字流畅，叙述亦生动，能读下去。但在第一部，发见两处墨笔眉批。一处记作者经历，眉批曰：“毫不知耻，抑何厚颜！”一处记他人事迹，眉批曰：“阁下愧此多矣，何仍作欺人语耶？”这恐怕是同时代人阅读时批注的，愤愤之情，溢于言表。当然不能根据两处眉批，就否定这部书的价值，但也不能怀疑，这种看来深知作者底细，推敲文字并揭疮疤的人，是出于嫉妒或是报复。总之，著述要修辞立诚，立身尤其要谨慎端正。

以上所谈，当然都是古道，会被时髦文士，看作“四旧”陈言。时髦文士，专攻时文，闻鸡起舞，举一反三。他们在“四人帮”时代，初露角刺，已经写下不少造谣生事，伤天害理的文章。有人至今秉性不改，仍以善观风向气色自居。对过去文字，不只无刘祁的良心发见，悔恨之辞，别人偶有触发，仍惯于结帮连伙，加以反噬。不怕云山罩，就怕老乡亲。难得有知其老底之人，将其前前后后文字，汇编成册，批注点明。如此一来，或将使其通体虚伪善变之情状，暴露于读者眼前。

一九八四年九月二十一日下午

谈读书记

在古时，读书记，或藏书题跋，都属于目录学。目录之学，汉刘歆始著《七略》，至荀勖分为四部。唐以后把书籍分为经史子集，藏于四库。这样的分类法，一直相沿到清代。无论公私藏书，著录之时，都对书籍的内容，作者的身世，加以简单介绍，题于卷首或书尾，这就是所谓提要、题跋。把此等文字，辑为一书，就是我们现在谈的读书记了。

我所收藏的读书记，最早的是宋晁公武的《郡斋读书志》（四部丛刊本）和宋陈振孙的《直斋书录解题》（武英殿聚珍版翻刻本）。这两部书，是读书记这类书的鼻祖。其中晁志，所记尤为详赡。因时代接近，记录的宋人著作，很是齐备，对作者的介绍，也翔实可信。有很多书，后来失传，赖此志得窥其梗概。后代藏书家，都很重视此书。

晁氏有些论述，也很有见地。如论文集之丛杂，他在集部引言中说：

昔屈原作离骚，虽诡谲不概诸圣，而英辩藻思，瑰丽演迤，发于忠正，蔚然为百代词章之祖。众士慕响，波属云委，自时厥后，缀文者接踵于斯矣。然轨辙不同，机杼亦异，各名一家之言。学者欲矜式焉，故别而聚之，命之为集。盖其原起于东京，而极于有唐，至七百余家。当晋之时，挚虞已患其凌杂难观。尝自诗赋以下，汇分之曰：《文章流别》。后世祖述之，而为总集，萧统所选是也。至唐亦且七十五家，呜呼盛矣！虽然，贱生于无所用，或其传不能广，值水火兵寇之厄，因而散落者十八九。亦有长编巨轴，幸而得存，其属目者几希。此无他，凡以其虚辞滥说，徒为美观而已，无益于用故也。

我不厌其烦地抄了这样一大段书，是因为其中说明了著书立说方面的一些规律。第一，历代作家的文集是很多的。至唐已有七百家，总集已有七十五种。第二，传流下来的却很少。第三，不能流传的原因，主要是虚辞滥说，无益于用。

这里的有用无用，当然不只是像他说的，能否“扶持世教”。晁氏生于宋朝，受理学家的影响，所以这样强调。集子能否流传，主要看它的社会功能。这种功能包括：作者的才智；说理的能辩；文字的美学感染；著作的真诚等等。哲学著作，以才智道理取胜；历史著作，以材料真实取胜；文学创作，以美的陶冶取胜。

作家结集自己作品，都是自信的，都以为自己的作品，已经具备这种功能，可以传之久远。在当时，即使多么无情的批评家，也不会预言这种文集不能传世，阻止他出版。作品能否流传，常常是不能预见的。只有在历史的江河中，自然淘汰。自然的冲刷淘洗，能使当时大显者，变为泥沙；也可以使当时隐晦者，变为明玉。更多的机会是，使质佳者更精粹，使质劣者早消亡。

既然如此，晁氏之所谓“自警”，就很难做到了。人之好名，是一种自然生态。尝见出土的古墓壁画或砖石上，刻有匠人名字。难道他当时不知道，他的作品要永埋地下，曾经想到，有朝一日，会被发掘，重见天日吗？这是创作冲动的满足。劳者歌其事，在自己的劳作成果上，缀上自己的名字，是一种原始现象。儿童就是这样，可以说是生而知之。

在论述传记的写法时，晁氏的见解，也很好。在传记类《韩魏公家传》条内，他说：

> 右皇朝韩忠彦撰，录其父琦平生行事。近世著史者，喜采小说，以为异闻逸事。如李繁录泌，崔胤记其父慎由事，悉凿空妄言。前世谓此等，无异庄周鲋鱼之辞，贾生服鸟之对者也。而唐书皆取之，以乱正史。由是近世多有家传、语录之类，行于世。陈莹中所以发愤而著书，谓魏公名德，在人耳目如此。岂假门生子侄之间，区区自列乎！持史笔其慎焉。

这一段话里的，“庄周鲋鱼之辞，贾生服鸟之对”两句，颇可玩味。这是说，人物传记，不同于故事，更不同于寓言。古人撰写人物传记，不满足于只用那些干枯的官方资料，愿意添进一些生动活泼的记述，乃参考一些野史、家乘，这是无可厚非的。司马迁的人物传记，那样生龙活现，读起来比文学作品还有兴味，就是因为他不只依据官方文献，还寻访了很多地方资料，口碑传说。后来司马光撰写《资治通鉴》，欧阳修撰写《新五代史》，都采用了许多私人的著述，增加了传记的生动性。

但运用这些材料，需要特有的观察、判断、取舍的能力。

历史作品，有时可以当作文学，但文学作品，却不能当作历史。历史注重的是真实，任何夸张、传闻不经之言，对它都会是损害。历史、事实，天然地连结在一起，把历史写得真实可靠，是天经地义的事。当然做起来并不是那么简单。历史，是天地间最复杂的现象。它比自然现象，难以观察，难以掌握得多。它的综错复杂，回曲反复，若隐若现，似有实无，常常在执笔为史者面前，成为难以捉摸，难以窥测的幻境。

撰述历史，时代近了，则有诸多干扰，包括政治的，人事的，名誉的，利害的。时代远了，人事的干扰，虽然减少，则又有了传闻失实，情节失落，虚者实，而实者虚，文献不足征，碑传不可信的种种困难。如果是写人物传记，以上情况就更明显，就更严重。

只根据实录、谱牒、碑碣去写历史，这是传统的做法，也是保守的做法。但开放的写法，即广采传闻野史的写法，也带来了另一种毛病，即晁氏指出的“故事化”或“寓言化”。

特别是人物传记，用开放的写法，固然材料会多一些，事件会生动一些。但材料如果是从亲属得来，其中就有感情问题；如从友朋得来，其中就有爱憎问题。况人之一生，变幻无常，虽取决于本身，亦受制于社会。是非难以遽定，曲直各有其说。盖棺论定，只能得其大概，历史评价，又恐时有反复。要把一个人物的传记写好，确不是容易的事情。

传记一体，与其繁而不实，不如质而有据。历史作品要避免文艺化。现在，有很多老同志，在那里写回忆录。有些人多年不执笔，写起来有时文采差一些，常常希望有人给润色润色，或是请别人代写。遇到能分别历史和文艺的人手还好，遇到把文学历史合而为一的人，就很麻烦。他总嫌原有的材料不生动，不感人，于是添油加醋，或添枝加叶，或节外生枝，或无中生有，这样就成了既非历史，也非文学的东西。而有的出版社编辑，也鼓励作者这样去做。遇到文中有男女授受的地方，就叫他发展一下，成为一个恋爱的情节。遇有盗窃丢失的地方，就建议演义成一个侦探案件。遇有路途相遇，打抱不平的地方，自然就要来一场“功夫”了。

现在有一种“传记小说”的说法，这真是不只在实践上，而且要在理论上，把历史和文学混为一谈了。这种写法和主张，正如有人主张报告文学，允许想象和虚构一样，已经常常引起读者，甚至当事人或其家属的不满。因为凡是稍知廉耻，稍有识见的人，谁也不愿意在自己身上，添加一些没踪没影的事迹的。

当然，野心家是例外的。从历史上，特别是“四人帮”时期，我们可以看到，野心家分为两种。一种是受别人吹捧，坐在轿子里的；一种是抬轿子，吹捧别人的。他为什么鼓吹得那么起劲，调门提得那样高，像发高烧，满口昏话？这是有利可图，可以得到好处的。弄好了，他可以从抬轿子，变成坐轿子，又有一帮人起哄似的吹捧他了。

元、明两朝人，不认真读书，没有像样的读书记。到了清朝，重考证，这类的书就多起来，除很多已成为专门学术著作，如《读书杂志》、《十七史商榷》等书外，标以读书记名目的就不少。《何义门读书记》，寒舍不存；《东塾读书记》，存而未详读之。我最感兴趣的是黄丕烈的《士礼居藏书题跋记》。黄是藏书家，以藏有百种宋版书而著名。他所藏书，也远远不限于宋本。他对书有一种特殊的感情，好像接触的不是书，而是红颜少女。一见钟情，朝暮思之，百般抚爱，如醉如痴。偶一失去，心伤魂断，沉迷忘返，毕其一生。给人一种变态的感觉。这种感情，前代不能有，后代也不能有，只有他那样的时代，他那样的生活，既不能飞黄腾达，又不甘默默无闻，才会有这样的心境，和这样的举动。

他的藏书记，被后人一再辑印。我有三集，前二集是上海医学书局影印，后一集是木板蓝色印本。同样是藏书家，陆心源的《仪顾堂题跋》，读起来就干燥无味。

其次是李慈铭的《越缦堂读书记》，他的读书记，散见在他的日记中，由云龙辑录出来，商务印书馆出版，白文没有标点，也未详细分类。有一年，我在北京国子监买了一部，纸张很好，共四册。后经中华书局整理、分类、标点，重新出版。

他读书仔细认真，读的书也广泛，非只限于经史，杂书很多。但对像《红楼梦》这样的书，还是有些不好意思，总是说病了闷了才拿出来看看。并说，这部书是托名贾宝玉的那个人，自己写了家世，其他社会风物，则是别人代为完成。这真是奇怪的说法，可备红学家参考。

和他的读书记类似的，有周中孚的《郑堂读书记》，舍间所藏，为万有文库本，此人读书也多也杂，也很认真，我通读一遍。此外，有《鲁岩所学集》，也是读书记，较通俗易读，我有的是木刻本。我另有叶德辉的《郎园读书志》、邓之诚的《桑园读书志》等。

一九八四年十月十五日晨改讫

《金瓶梅》杂说

从青年时起，《金瓶梅》这部小说，也浏览过几次了，但每次都没有正经读下去。老实说，我青年时，对这部小说，有一种矛盾心理：又想看又不愿意看。常常是匆匆忙忙翻一阵，就放下了。稍后，从事文学工作，我发现，从文字爱好上说，这部书并不是首选，首选是《红楼梦》。我还常常比较这两部书，定论：此书风格远不及《红楼梦》。

今年夏季，人民文学出版社印行了《金瓶梅）的删节本。说它是删节本，就是区别于过去所谓的“洁本”。我过去读到的洁本，是郑振铎主编的《世界文库》上连载的，虽未读完，但记得是删得很干净的。人文此本，删得不干净，个别字句不删，事前事后感情酝酿及余波也不删。这样就保存了较多的文字。对研究者有利，但研究者还是需要读全文。究竟哪一种删法好，不在这篇文章研究之列，不多谈。

想说的是，我已是老年，高价买了这部书，文字清楚，校对也比较精细，又有标点，很想按部就班，认真地读一遍。这倒不是出于老有少心，追求什么性感上的刺激；相反，是想在历尽沧桑之后，红尘意远之时，能够比较冷静地、客观地看一看：这部书究竟是怎样写的，写的是怎样的时代，如何的人生？到底表现了多少，表现得如何？作出一个供自己参考的、实事求是的判断。

我从来不把小说，看作是出世的书，或冷漠的书。我认为抱有出世思想的人，是不会写小说的，也不会写出好的小说。对人生抱绝对冷漠态度的人，也不能写小说，更不能写好小说。《红》如此，《金》亦如此。作家标榜出世思想，最后引导主人公去出家，得到僧道点化，都是小说家的罩眼法。实际上，他是热爱人生的，追求恩爱的。在这两点上，他可能有不满足，有缺陷，抱遗憾，有怨恨，但绝不是对人生的割弃和绝望。

自从唐代，小说这种文体，逐渐完善起来，就成为对人生进行劝惩的一种途径。在故事结构上，就常常表现一种因果。释道两家也都谈因果，在世俗中形成一种观念。但是，文学上的因果报应说，实际上是人民群众，特别是弱小者、不幸者的一种愿望。在实际生活中，往往并不如此。因为善恶的观念，有时并不稳定，有时是游离的，有时是颠倒的。这种观念受时代的影响，特别是经济、政治的影响，这种影响，随形势变化而变化。

我并不反对，有些小说标榜因果报应。因果，就是现实发展、变化的规律。事物都有它的起因和结果。起因有时似偶然，然其结果则是必然。其间迂回、曲折，或出人不意，或绝处逢生，种种变化，都是事物发展的过程。作家能真实动人地反映这一过程，使读者有同感，能信服，得警悟，这就是成功之作。起于青萍之末也好，见首不见尾也好。红极一时，灯火下楼台也好，烟消火灭，树倒猢狲散也好。虽是小说家点缀，要之不悖于真实。兴衰成败，生死荣枯，冷热趋避，人生有之，文字随之，这是毫不足奇的。小说家常常以两个极端，作为小说结构的大局布，庸俗者可成为俗套，大手笔究竟能掌握世事人生的根本规律。在写因果报应的小说中，《金瓶梅》是最杰出的，最精彩的一部。它不是简单的图解和说教，它是用现实生活的生动描绘，来完成这一主题。

历来谈《金瓶梅》者，每谓西门庆这一人物，实有所指，就是说有个真实的人作模特儿，这是可以相信的。很多著名小说中的人物，都有所依据。前人说“蔡京父子则指分宜（严嵩）”，也并非妄言。

最古老的小说，主角多是神魔，稍后是帝王、将相。唐代传奇，降而描述人生，然主人多非平民，而是奇逸之士。《金瓶梅》始转向现实，直面人生，真正的白描手法，亦自它开始。

《金瓶梅》选择了西门庆这样一个人，这样一个家族。用这个人和这个家族，联系当时社会的各个方面：朝廷、官场、市井，各行各业，各种人物。这种多方面的，复杂的人物和场景，是小说创作的一种新局面，也是这一书开创起来的。

《金瓶梅》运用了写实的手法，或者说是自然主义的手法，描写不避繁琐。采用日常用语，民间谚语，甚至地方土话，来表现人物的性格，色彩和气氛，也是它的创造。

这部小说保留的民间谚语，比任何小说都多，都精彩，它有时还用词曲韵语，直接代替人物的对话，或对事物的描写。

作者选择一个暴发户，作为小说的主人，是和时代有关的。通过这样的人物，表明明代中季社会的面貌和内涵，最为方便。外国小说，有只写一个普通农民，普通工人的，并不要求人物社会地位的显赫。中国小说的传统，则重视主要人物的社会地位及其联系面。用广泛的接触，突出时代的特征。《红楼梦》写的是八旗贵族，这是清初的时代特征。《金瓶梅》写的是山东清河县内，一个暴发户的生活史。每个封建王朝，都会产生一大批暴发户。元朝蒙古入侵，明朝朱元璋定统，都产生了自己的暴发户。暴发户不只与当时经济制度有关，而更重要的，是必须投当代政治之机，与政治制度有关。它用市井生活作背景，这是明中叶社会生活的缩影。

曹雪芹是八旗子弟。《金瓶梅》的作者，则属于下层。然其文化修养，艺术素质，观察能力，表现手段，都不同凡响，虽尚未考证出作者确实姓氏，但他一定是个大手笔。他是混迹于市井生活的人，不是什么显贵。对当时政治的黑暗，看得很清楚。他对这一社会，充满憎恶之情，但写来不露声色，非常从容。他也受当时社会风气的影响，所以写了那么多露骨的淫亵文字。他力图全面表现这一社会，其目的当然不会是单纯的泄愤或报复。他是锐意创新的，他想用这种白描式的社会人情小说，一新读者的耳目，并引导读者面对人生现实。他的功绩不只在于他创造了这部空前形态的小说，而在于他的作品孕育了一部更伟大的《红楼梦》。

不仔细阅读《金瓶梅》，不会知道《红楼梦》受它影响之深。说《红楼梦》脱胎于它，甚至说，没有《金瓶梅》，就不会有《红楼梦》，一点也不为过分。任何文学现象，都是在前人的基础上产生的，任何天才的作家，都必须对历史有所借鉴。善于吸收者，得到发展，止于剽掠者，沦为文盗。

《金瓶梅》所写的生活场景，例如家庭矛盾，婚丧势派，妇女口舌，宴会游艺，园亭观赏，诗词歌曲，无不明显地在《红楼梦》中找到影子。当然《红楼梦》作者的创作立意，艺术修养境界更高，所写，有其独特的色彩，表现，有其独特的个性，在多方面，都凌驾于《金瓶梅》之上，但并不能掩盖它的光辉。

任何艺术，比较其异同，是困难的，也是蹩脚的。在艺术上，不会有相同的东西，这是艺术的创造性所确定的。但是，我在读《金》的过程中，常常想到《红》，企图作一些比较，简列如下：

一、《金》的写法，更接近于宋元话本，它基本是用的讲述形式，其语言是诉诸“听”的，它那样多地引用了唱词曲本，书也标明词话，也从这里出发。

二、《红》的写法，虽也沿用宋以来白话小说的传统，特别是《金》的语言的传统，但它基本上是写给人看的，是诉诸视觉的。它的语言，不再那样详细繁琐，注意了含蓄，给人以想像和回味。

三、《红》语言的这种特点，是源于作者的创作立场和主观情感。《红》的作者，写作的目的，是感伤自己的身世，追忆过去的荣华。在写作中，他的心时时刻刻是跳动的，是热的，无论是痛哭，或是欢乐。

而《金》的作者，所写的是社会，是世态，是客观。《金》的作者对于他所描绘的世态也好，人情也好，都持一种冷眼观世的态度。这些描述，在他的笔下虽是那样详细无遗，毛发毕现，总给人一种极端冷静的感觉，嘲讽的味道。这一特点，当然也表现在它的语言上。

四、《金》的写法，更接近于自然主义，作者主观的感情色彩，较之《红》，是少得多了。对于世态人情，它企图一览无余地，倾倒给读者："你们看看，世界就是这个样子!"那些猥亵场面，也是在作者这样心情下，扔出来的。而《红》的作者对他所描写的东西，都精心筛选过，在艺术要求上，作过严格的衡量。即使写到男女私情，也作了高明的艺术处理，虽自称为"意淫"，然较之《金》，就上乘得多了。

我不知道自己是不是有道学家的思想。最近看了一本马叙伦的《石屋余渖》，他在谈到淫秽小说《绿野仙踪》时说："即中年人亦岂可阅！不知作者何心。"他是教育家，他的话是可以相信的。这些淫秽文字，在《金》的身上无疑也是赘瘤。

五、因此，虽都是现实主义的艺术珍品，就其艺术境界来说，《红》落脚处较高，名列于上，是当之无愧的。

西门庆是个暴发户，他的信条，也是一切暴发户的生财之道："要得富，险上做。"他除去谋求官职，结交权贵（太使、巡按、御史、状元），也结交各类帮闲、流氓打手，作为爪牙。他还有专用的秀才，为他歌功诵德，树碑立传。他开设当铺、绸缎铺、生药铺，这都是当时最能获利的生意。他放官债，卖官盐，官私勾结，牟取暴利。他夺取别人家的妻妾，同时也是为了夺取人家的财货。娶李瓶儿得了一大笔财产，娶孟玉楼，又得了一大批财产。这是一个路子很广，手眼很大，图财害命，心毒手狠的大恶棍、大流氓，是那个时代的产物。这无疑是当时社会上，最惹人注意的形象，因此，也就是时代的典型形象。

书中说："火到猪头烂，钱到公事办。"西门庆，贪得无厌，贪赃枉法，一旦败露，他会上通东京太师府，用行贿的办法，去求人情。他行贿是很舍得花钱的，因此收效也很大。行贿的办法是，先买通其家人，结交其子弟。本书第四十七、第四十八两回，写西门庆行贿消祸，手法之高，收效之速，真使人惊心动魄。

这种人依仗权势、财物、心计、阴谋，横行天下。受害的，当然还是老百姓。活生生的人口，也作为他们的货物，随意出纳，有专门的媒婆，经纪其事。一个丫头的身价，只有几两银子或十几两银子。社会风气，也随之败坏，他们虐辱妇女：用马鞭子抽打，剪头发，烧身子。书中所记淫器，即有六、七种之多。《金瓶梅》是研究中国妇女生活史的重要资料库。

说媒的，算卦的，开设妓院的，傍虎吃食的，各色人物，作者都有精细周到的描述。对下层社会的熟悉和对各行各业的知识，以及深刻透彻的描写，很多地方，非《红楼梦》作者所能措手。

《金瓶梅》的结构是完整的，小说的进行，虽时有缓滞繁琐，但总的节奏是协调的。故事情节，前后有起伏，有照应，有交待。作者用心很细。艺术功力很深。曹雪芹没有完成自己的著作，不能使人了解其完整的构思。《金瓶梅》的作者，写完了自己的小说，使人了然于他的设想。他写了这一暴发户从兴起到灭亡的急骤过程。

作者深刻地写出了，这种暴发户，财产和势派，来之易，去之亦易；来之不义，去之亦无情的种种场面。写得很自然，如水落石出，是历来小说中很少见到的。他用二十回的篇幅，写了这一户人家衰败以后的景象。这一景象，比起《红楼梦》的后四十回，触目惊心得多，是这部小说的最精采、最有功力的部分。

鲁迅的小说史和郑振铎的文学史，都很推崇这部小说，郑并且说它超过了《水浒》、《西游》。鲁迅称赞之词为：

> 作者之于世情，盖诚极洞达，凡所形容，或条畅，或曲折，或刻露而尽相，或幽伏而含讥，或一时并写两面。使之相形，变幻之情，随在显见，同时说部，无以上之。

此为定论，万世不刊也。文学工作者，应多从此处着眼，领略其妙处，方能在学习上受益。如果只注意那些色情地方，就有负于这次出版的美意了。印删节本，是一大功德。此书历代列为禁书，并非都是出于道学思想。那些文字，确不利于读者，是道地的伐性之斧，而且不限于青年人。很多人喊叫，争取看全文，是出于好奇心理。

此书最后，虽以《普静师荐拔群冤》收场，然作者对于僧道一行，深恶痛绝，书中多处对他们进行淋漓尽致的揭露，抒发了对这些只会念经，不事生产的特种流氓、蛀虫的痛恨和嘲笑。甚至发出这样的感叹："何人留下禅空话，留取尼僧化稻粮。"又说，"若使此辈成佛道，西天依旧黑漫漫"！几百年后，诵读之下，仍为之一快。

中国自古神道设教，以补政治之不足，日久流为形式，即愚氓亦知其虚幻。然苦于现实之残酷，仍跪拜之，以为精神寄托。所以，凡是以佛法结尾的小说，并非其真正主题，乃是作者对历史的无情，所作的无可奈何的哀叹。

《金瓶梅》的真正主题是什么呢？鲁迅说：

> 故就文辞与意象以观《金瓶梅》，则不外描写世情，尽其情伪，又缘衰世，万事不纲，爰发苦言，每极峻急，然亦时涉隐曲，猥黩者多。

这是一部末世的书，一部绝望的书，一部哀叹的书，一部暴露的书。

一九八五年八月二十六日

昨夜雨，晨四时起作此文，下午二时草讫。

编后记

本书是孙犁先生的一本杂文随笔记，乃选自他晚年所出的十本著作即“耕堂劫后十种”。这些文章，孙犁先生曾以“芸斋琐谈”的名目在《尺泽集》《远道集》《老荒集》《陋巷集》中刊出过一部分，今全部选录进本书作为第一辑；其他散落在各书的类似文章，本书选录为第二辑；孙犁先生还有一些专门谈经典作家作品的文章，中外都有涉及，而文字尤为深沉蕴藉、隽永耐读，辑录在这里作为第三辑。以上是本书的大致“体例”。所要说明的，“耕堂劫后十种”里还有《小说杂谈》等成组发表的文章，也属琐谈性质，因其“专业性”相对较强，又限于本书篇幅，故只选录了几篇。这三辑文章，可以说是孙犁先生晚年思想的精髓，代表了他杂文的最高成就，从中可以见到他对社会、人生、文学、读书、生活等各方面的深刻认识，也可见他深厚的学养，文风朴素，说理透辟，对于后来者有很大的启迪，更有益于世道人心，而这正是编者辑录出版这本书的初衷，希读者鉴察并予教正。

编者

二〇一五年十一月　北京